U0910838

消失的行当

〔日〕泽宫优 著 〔日〕平野惠理子 绘

张苓 张北辰 胡欢欢 译

南海出版公司

新经典文化股份有限公司
www.readinglife.com
出　品

目录

制造·零售

餐饮业

服务业及其他

前言

那些消失的行当的呐喊

来自老行当的无声呐喊

首先说一下本书提到的“昭和[①]的行当”的含义。一种是昭和时代常见的庶民从事的职业，但现在已经消失。人力车那些昭和初年就不见踪影的行当也包含在内。另一种是正在慢慢消失的工作，虽然现在偶尔还能看到，但最繁荣的时期是昭和时代。另外还介绍了作为谋生的职业虽已消失，但作为地区文化活动偶尔还能一见的行当，例如纸芝居屋。

我将这些象征着昭和时代，或结束于昭和时代，或在昭和时代迎来全盛时期的职业全部包括在内，统称为“昭和的行当”。

写作本书之际，我再次认识到，这些老行当已经淹没在时代的洪流中，要再次发掘出来非常困难。

古往今来，不管哪类工作，即便在某一时代曾经流行过，也会被更加方便的形式取代，之后慢慢消失在人们的视线中。

---

①昭和是日本的年号，使用时间为 1926 年 12 月 25 日至 1989 年 1 月 7 日，换算成公历纪年的方法是 1925 加上对应的昭和年。例如昭和 6 年，换算成公历纪年为 1931 年。后文出现的明治为 1868 年 10 月 23 日至 1912 年 7 月 30 日；大正为 1912 年 7 月 30 日至 1926 年 12 月 25 日；平成则始于 1989 年 1 月 8 日，沿用至今。

当时的记录已所剩无几，曾经见证过的人也日渐减少，那究竟是怎样的职业，有的连内容都弄不清楚了。昭和的老行当几乎都面临这种宿命。不过在如今这个时代，那些早已失去作用的行当也有着属于它们的不甘吧？如果能听听这些无声的呼喊，想必除了实用价值之外，人们对这些工作还会有其他的认识吧？

的确，这里所举的职业，被取代的理由并没有反驳的余地。即便有，也只余抱怨和叹息。即便如此，那些过去的老行当，还有以此为生的人们无声的呐喊，就注定要默默地消失吗？在一心追求合理化，追求快速和便利的过程中，我们或许错失了一些重要的东西。

即使是当代最尖端的职业，也面临着像昭和的行当那样最终消失的命运。如今兴盛的职业也终将被更便利更低廉的方式取代。

那些无声的呐喊到底说了什么呢？我想请各位读者自己思考一下。书中讲述的这些职业远比现在的工作更有人情味和温度。

那不是被操作指南掌控的冷冰冰的关系，而是通过工作来交换人与人之间的温暖和情感的关系，昭和的老行当是在这种关系的基础上形成的。这意味着无论是劳动者也好，客人也好，都不是孤独的。虽然和现在相比，那些职业既不方便，效率也低，但其中有人情在。以人为媒介，工作才得以成立，所以人也会得到重视。不仅重视人的存在，同样也重视物件的价值。昭和时代的人们经常说“可惜”，珍惜地使用各种东西，用坏了就修修再用，绝不轻易地换一个新的。可以说“可惜”一词包含着一种支撑昭和时代的精神。

但这种精神随着经济的高速增长很快就消失了，到了今天，人们变得只重视便利。

经济高速发展带走的东西

从“可惜”这个词又联想到了“忍耐”。

那个时代不像现在，人们没有充裕的时间去讨论什么天职或者合适的职业。首先，经济上捉襟见肘，大家不得不想办法努力维持生计。谋生是人们干活的根本出发点。现在工作种类增多了，而在那个没有选择的时代，人们工作就是为了吃饭，这样的出发点显而易见。他们几乎没有余力思考工作的价值，以及这份职业是否适合自己。即便酬劳不高，工作环境残酷，人们也不得不忍耐着干下去。

因为贫穷，也有人钻法律的空子骗人，做些欺诈和违法的买卖。这在哪个时代都一样，但追溯那些职业的源头，也可以看到那个时代特有的悲哀。

日本不久后迎来了始于昭和三十年代后半期的经济高速发展时期，慢慢地脱去了贫穷的外衣。彩色电视机、冰箱、洗衣机等陆续进入普通家庭，商品琳琅满目。

但随着城市越来越繁荣，曾经活跃在时代前沿的人们逐渐消失了。这一点在这个时代表现得最为明显。

河上架起了铁桥，以前运送客人去对岸的摆渡人去了哪里？雨伞很便宜就能买到，依靠修伞谋生的那些人又去了哪里？随着电视机的普及，总是在傍晚时分逗得孩子们哈哈大笑的纸芝居的老大爷又到哪儿去了呢？

我家旁边有一家带停车场的大型便利店。二十年前刚搬到这里时，附近有水果铺、豆腐店、酒铺、文具店、点心铺等，各种小店鳞次栉比。随着大型超市和便利店的登场，这些店铺都消失了踪影。生活的确是方便了。但是，那些小店还在的时候，顾客会和店里的人们聊聊天，进而形成一种地区共同体般的关系，为社区增加活力。如今，便利店的周围虽然人流密集，整个社区却静悄悄的。当然，这种便利店里没有人与人的交往，只有简单的购物行为。

这样发展下去真的好吗？每次回顾各种各样的昭和的老行当，我的脑海里就会闪过类似的思绪。

一位流浪诗人从事过的工作

我对昭和时代的行当感兴趣，是遇到人称流浪诗人的高木护（昭和二年出生）之后的事情。他出生于熊本县，和我有着同乡之谊，我甚至有幸撰写了他的传记《流浪与土地及文学》，还在杂志《AERA》上发表了一篇名为《现代的肖像》的文章，里面也写到了高木。从二战结束后不久，到日本进入经济高速发展期的昭和三十八年前后，他一直在九州一带流浪，干过大约一百二十多种工作。那些职业基本以体力劳动为主，现在都已经消失了，例如浊酒铺、纸芝居屋、烧炭人、算卦先生、樵夫、砍竹人、碎石工人、矿工、剧场经理、三轮车夫、乞丐、码头装卸工人、小工、澡堂搓背工人、拾荒人、工读学生、隐坊等。其中也有称不上生计的工作，不过追循他工作的经历，可以感受到生活在那个时代的人们无法言说的人生悲哀。

以高木干过的那些工作为线索，再根据对他年幼时听闻的一些职业的调查，汇集成了于二〇一〇年出版的《昭和的工作》，书里我着重描写那些劳动者的人生。本书可以看作《昭和的工作》的姊妹篇，在前作的基础上主要聚焦于这些工作的具体内容。书中网罗了广义上的昭和时代（一部分跨越了明治、大正时代）一百一十五种庶民从事的工作，还添加了详细的工作内容与酬劳等数据，进行深入描写。这本书写作的过程，也是进一步思考那些工作为什么消失的过程。

同时，本书还有另一位作者——实力派插画家平野惠理子，通过她的插画，读者可以更直观地了解这些职业。这是本书的一大特点。

关于工作的分类，以现行的《日本标准产业分类》为基准。页面设计上也趣味十足，请各位好好欣赏。

还请各位读者聆听如今已经消失的，或者正在消失的一百一十五种职业无声的呐喊。如果各位能从中了解昭和时代的侧面，得到些许在现代和未来的社会生存的启示，便是我身为作者的无上光荣。

另外，本书的出版还得到了下列各位人士的大力帮助，再次致以深深的感谢——纪田顺一郎、石井孝雄、黑木圣司、麦岛胜、高木护、早濑辉美、佐藤健士，以及熊本市博物馆等。另外，还要感谢原书房编辑部相原结城的大力协助。

泽宫优

二〇一六年二月八日

昭和时代
工资和物价的变迁

地铁乘车费

营团地铁[①]的普通成人乘车费	
昭和 6 年	5 ~ 10 钱
昭和 16 年	5 ~ 20 钱
昭和 25 年	10 日元
昭和 31 年	20 日元
昭和 41 年	30 日元
昭和 52 年	80 日元

*昭和25年、31年为全线均一制，之后改为阶梯计价。

自来水费

东京平均一个月的基本费用	
昭和 3 年	93 钱（1 户 5 人以下）
昭和 18 年	90 钱（同上）
昭和 24 年	65 日元（同上）
昭和 31 年	120 日元（同上）
昭和 41 年	140 日元（口径 25mm 以下）
昭和 50 年	300 日元（口径 13mm）

* 一般家庭用和专业用水的基本费用。

酱油

1.8 升的年平均零售价格	
昭和 5 年	57 钱
昭和 13 年	62 钱
昭和 24 年	56 日元 10 钱
昭和 31 年	154 日元 80 钱
昭和 40 年	197 日元 10 钱
昭和 50 年	448 日元

* 昭和 33 年以后为 2 公升的年平均零售价格。

①东京地铁的前身。

大米价格

一升（约 1.5kg）	
昭和 6 年	23 钱
昭和 16 年	60 钱
昭和 24 年	143 日元
昭和 32 年	115 日元
昭和 40 年	160 日元
昭和 50 年	339 日元

一天的工资

东京木匠的平均工资	
昭和 6 年	2 日元 20 钱
昭和 16 年	3 日元 30 钱
昭和 24 年	333 日元
昭和 32 年	640 日元
昭和 40 年	2000 日元
昭和 50 年	7000 日元

初次任职的工资（月收入）

小学教师	
昭和 6 年	45 ~ 55 日元
昭和 16 年	50 ~ 60 日元
昭和 24 年	3991 日元
昭和 32 年	8000 日元
昭和 40 年	18700 日元
昭和 50 年	73216 日元

* 不含各种津贴的基本工资。昭和 33 年以后，以拥有小学正式教师二级普通证书的教师为调查对象。

参考文献:《物价世相 100 年》，岩崎尔郎著，读卖新闻社，1982 年。

《价格的明治大正风俗史续》，朝日周刊编，朝日新闻社，1981 年。

《明治 · 大正 · 昭和 · 平成物价的文化史事典》，森永卓郎监修，展望社，2008 年。

红帽子

在国有铁路的主要车站，帮上下车乘客搬运行李的人。明治时期，山阳铁道有这项服务，工作人员从大正中期开始戴红帽子，于是被冠以“红帽子”的称呼。

红帽子是俗称，这个职业的正式称呼是“行李搬运人”。和海外的车站、酒店等地帮客人搬运行李的搬运工一样，红帽子将行李从车站的入口送到候车室，再送上车，或者反方向运送。他们不是车站工作人员，只是被允许在车站内做买卖的普通人。其组织叫作红帽子行会（或行李搬运人行会），由拥有红帽子股份的个体营业者组成。

这项职业始于明治二十九年十一月的山阳铁道（现 JR 山阳本线），车站将其作为一项服务引入。姬路站、冈山站、尾道站、广岛站、宫岛站、德山站、三田尻站均有这项服务。

当时“红帽子”的装扮是不戴帽，穿号衣和细筒裤，脚上穿草鞋。号衣的后背写着大大的“荷运夫”三个字。酬劳是一件行李两钱。这项服务渐渐在日本的主要车站推广开来，市面销售的时刻表上都标识了有红帽子服务的车站。

大正中期以后，红色帽檐贴上了白色的“赤帽”二字，工作人员开始穿藏青色的双排扣西服和短裤。二战后红帽子正面贴上了“随身行李搬运人”（战后用银线缝出“PORTER”字样），工作人员穿藏青色单排扣西服、及膝裤、黑皮鞋。昭和二十七年，大阪府湊町站（现 JR 难波站）还有女性“红帽子”。

旅客可以打电话指定到达车站的时间，请站台工作人员联系红帽子。他们在车站内的办公室等待，听到车站广播和旅客的联系就出动。红帽子很令人信赖，他们搬运过天皇家族的行李，也搬运过美国总统、演员、歌手等名人的行李。

但是，随着新干线的发达，当日来回的旅客增加，高速公路的发展及快递业务的兴盛，人们的随身物品日渐轻便，利用红帽子的旅客日渐减少。平成十二年在上野站，平成十三年在东京站，平成十九年三月在冈山站，红帽子服务相继被废除，日本车站中的红帽子彻底消失了。

Data
【东京站的红帽子人数】 32 名（昭和 48 年），17 名（昭和 54 年），4 名（平成 13 年）
【酬劳】随身行李每件 25 日元（昭和 34 年），200 ~ 500 日元（昭和 50 年代）

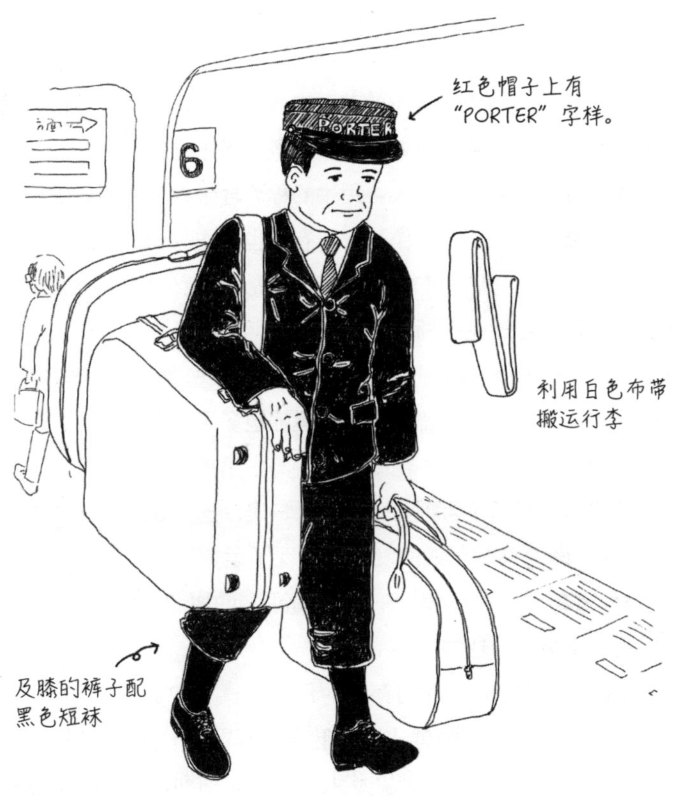

大阪站的"白帽子"

昭和 3 年 11 月，"白帽子"在大阪站诞生了。与红帽子搬运行李相对应，"白帽子"由女性担任，照护幼儿和病人。因为由陌生人照顾幼儿会带来不安，将病人抱起需要男性协助等，不久这项服务被废止。

参考文献:《承载着回忆的东京站 · 最后的红帽子》，山崎明雄著，荣光出版社，2001 年。
《与汽笛共同存在的四十年》，大角钱，载《中央公论》1933 年 5 月号。

赶马人

以马驮运行李或人为生的人，又称牵马人、马夫、赶驮子。战前汽车还未普及，尤其是去山区，多付钱找排子车运行李，并用马拉着走。

赶马人是牵着马运送人或行李的劳动者。二战后，汽车在城市中随处可见，而山区还是很少。山路还未铺设整齐，小路居多，多用马或牛拉排子车进行运输。同样的搬运工作，用马的称为赶马人，用牛的称为赶牛人。不依靠牛马，只用背架搬运的人称为背山工。赶马人也称作马夫，有时也叫作赚脚力费的。有人进行个体经营，自己养马来运输。也有人养很多马，雇赶马人经营运输业。运输费称作脚力费。马大多为驮马，相较在农业等领域中使用的马，体质略差。

马夫早在律令时代（七世纪至十世纪）就已出现，他们搬运进纳给朝廷的贡品。到了江户时代，交通量增加，普通行李的运输也多了起来，马夫、牵马人、赶驮子的称呼也逐渐出现，非常活跃。信浓、甲斐等山岳地区河川湍急，不方便运输，农民们逐渐开始将运送行李作为副业。在元禄时代，赶马人成为一种职业，被称作“中马”。到了近代，随着马车形式的发展，出现了运货马车。马夫开始用运货马车搬运大量的木材、装米的草袋、酒桶、酱油桶等。而中国山地、东北的三陆沿岸地区到内陆地区更倚重牵牛的赶牛人。

马夫活跃的原因在于行商的存在。例如，富山收获了一种鱼叫“飞骅鰤”，行商找马夫把鱼运送出去，翻越飞驒山脉送往长野县。这条路就叫“牵马道”。

马夫所属的团体称作“部屋”。从大正到昭和初期，东京深川的伊藤部屋、砂川的因泥部屋较为出名，但收入不稳定，劳动力流动性大，许多人身份不清。其中优秀的马夫人称“金筋”。规模大的部屋客户稳定，规模较小的部屋还得开拓客户群体，非常辛苦。二战后，随着山区道路的修整，摩托车、卡车开始在山间行驶，马夫日渐减少。

Data
【昭和 4、5 年前后的主要交通工具】
运货马车 37 万台、二牛车 94000 台、卡车 500 台、三轮车 300 台、摩托车 1400 台、小汽车 0 台

途中脚力费

指马夫在赶往批发商那里取货的路上，顺便帮行人搬运行李，以此赚取脚力费。

参考文献:《爱媛人与物的流动(爱媛的记忆——“故乡爱媛学”调查报告)》,爱媛县生涯学习中心，2008 年。
《近代日本职业事典》，松田良一著，柏书房，1993 年。

日元出租·轮出租

这两个词都有出租车的意思。日元出租是汽车，轮出租是自行车。现代社会中用四轮汽车当出租车是很平常的事情，但在二战前后，出租车有各种各样的形态。

汽车做出租车始于明治四十五年的东京有乐町。人们在车上设置收费表，将之称作“街头等客汽车”，主要以新桥、上野为据点进行营业。一英里收费六十钱，之后每英里增加十钱。后来东京站及地方上也开始普及，但出租车收费体系各不相同。到了大正十三年，大阪出现了均一收费一日元的出租车。两年后，东京也出现同样的出租车，人们将其称作“一日元出租车”，简称“日元出租”。

而轮出租是昭和二十二年二月在新宿发明的。二战后燃料不足，汽车无法发动，所以在自行车的后部安装了车体。车体是经过改造的两轮拖车，外罩用铝板制成。把意为自行车的“银轮”与“出租车”这个词相结合，产生了一个合成词“轮出租”。轮出租可搭乘两人，营业初期收费为两公里十日元（在十月涨价），考虑到当时公共汽车和东京电车才收费五十钱，属于高级交通工具。后来逐渐在日本普及，地方车站常设若干台。没有客人的时候，就成为妓女的揽客工具，拉着她们和客人在剧场周围转圈，十五分钟收费二百日元。

其实早在大正初期，就有类似轮出租形式的人力车出现。昭和十年代，因为战争局势，汽油消费管控更加严格，逐渐不能开车了，因此有段时间轮出租极为盛行。

二战后，地方上也有“福利车”或“人力出租车”。据说福利车的名称有“复活的人力车”的意思。实际上从事福利车运营的人，多数是随着出租车的出现而失业的人力车车夫。二战后经常可以见到抱着出诊包、行色匆匆的医生搭乘福利车的景象。

但是，伴随着二战后经济的复兴，四轮出租车逐渐成为主流，自行车改造的出租车随之销声匿迹，只有秋田等地直到昭和四十年代初期仍然存在。

上图：使用福特 A 型四门箱式小客车的日元出租。

下图：人力轮出租。轮出租有各种各样的形状。图中的客室使用了铝板。安置客室的车体由两轮拖车改造而成，自行车改造的是普通款。它们和东京电车、卡车等一起行驶在马路上。

Data

• 日元出租

【乘车费用】大阪、东京市内 1 日元（大正 13 年 ~ 昭和元年），70 钱（昭和 16 年），100 日元（昭和 39 年）

• 轮出租

【乘车费用】2 公里 20 日元，每公里增加 10 日元（昭和 22 年 10 月）

【运营数量】全国 13000 台（昭和 23 年）

【日薪】300 ~ 400 日元（昭和 24 年）

轮出租的起源

正如著名广告词“光从新宿开始”那样，在新宿开黑市商铺的关东尾津组参考了大正时期的人力车，利用铝板制的车厢发明了轮出租。这便是这类车的起源。

参考文献:《昭和：二万日的全记录 第 10 卷 电视时代的开幕》，讲谈社，1990 年。

《昭和：二万日的全记录 第 8 卷 占领下的民主》，讲谈社，1989 年。

《昭和：二万日的全记录 第 1 卷 昭和的期待》，讲谈社，1989 年。

《写真物语：昭和的生活 4 都市与城镇》，须藤功著，农山渔村文化协会，2005 年。

码头装卸工人

在货船和港口间装卸和运送货物的人，是对港口劳动者的别称。在没有特殊设备的昭和时代，从货船上装卸货物时需要很多体力劳动者。

装卸工人是指装卸货物并进行运送的劳动者，以及此类劳动者团体。在北九州市，他们也被称作“GONZO”。二战前船舶停靠在港口附近，从船上仓库装卸货物，搬到驳船上运上岸。这称为船内货物装卸，由码头装卸工人进行。在陆上等待，从驳船上搬运货物上岸的人称为陆上装卸工（也称沿岸装卸工）。在北九州若松港，煤炭装卸工利用小木船来到大船边搬运煤炭。

码头装卸工人的特点是与批发商结成老板与下属的独特关系。从大船上卸下货物搬至陆上是需要超过十人的团体作业，因此要有统领这些人的小头目、小组长。这个体系上至批发商，下到转包人，形成金字塔状的构造，批发商下面是大主管、中层监管，再下面是众多的转包人。负责现场搬运的小头目及小组长率领的团队是体系中位于下层的转包人。无力雇佣码头装卸工的最下层转包人则通过职业介绍人招募打零工者。有这样的上下级关系，所以有时会出现劳动者的酬劳被榨取的现象。

以经济高速增长期为例，日本的六大港口（东京、横滨、名古屋、大阪、神户、关门），平均一个港口就有将近两百名码头装卸人员，多数从属于中小企业，不当竞争也时有发生。

码头装卸工人的工作属于残酷的体力劳动，而且是在海上进行，因此伴随着危险，酬劳虽高却无法保证前景。常常可以看见浑身潮水气息的粗野男人聚在一起干活的景象。二战后出现了集装箱，美军转让的叉车和起重机等逐渐成为码头装卸的主力，驳船日渐减少。到昭和四十年，码头装卸工人的工作还以体力劳动为主。随着港湾的修整，大型集装箱船的增加，码头装卸转变为操作大型起重机等以机械为主的业务。由将大型车辆搬运至货船上的绞车司机（操纵起重机），负责下指令给车辆挂上钢丝绳的作业员等，一共十人左右进行船内货物装卸。现在的码头装卸工人都称为“港口劳动者”。

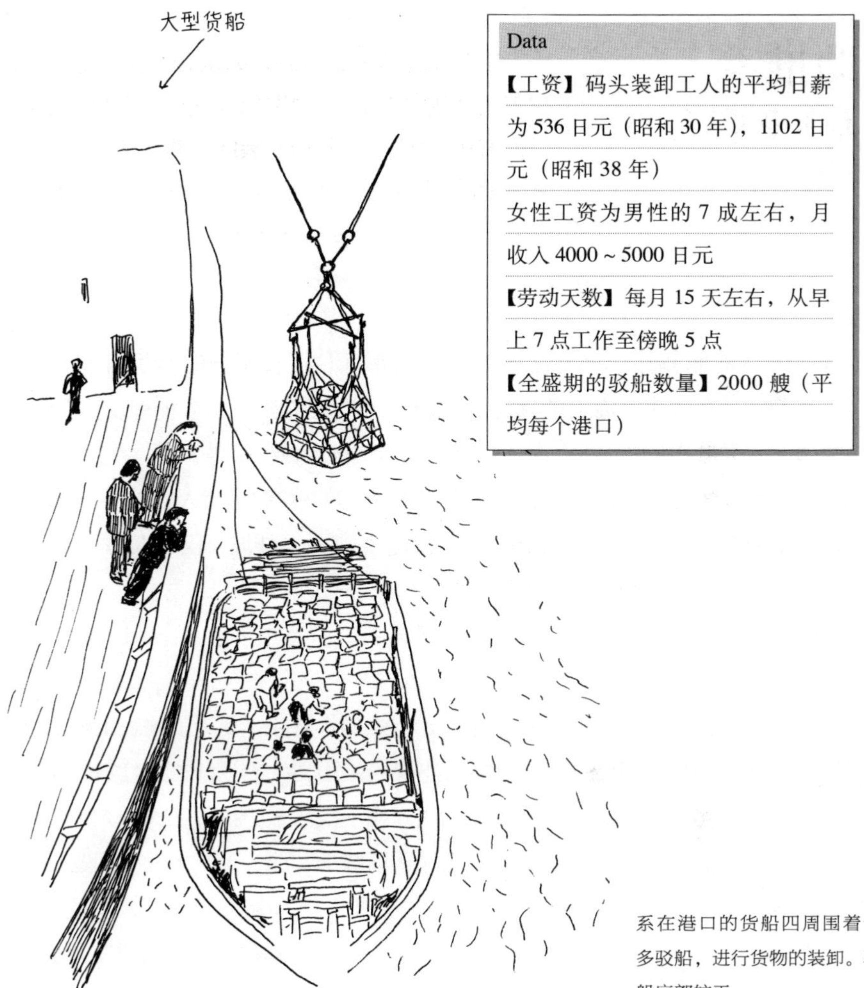

Data

【工资】码头装卸工人的平均日薪为536日元（昭和30年），1102日元（昭和38年）

女性工资为男性的7成左右，月收入4000～5000日元

【劳动天数】每月15天左右，从早上7点工作至傍晚5点

【全盛期的驳船数量】2000艘（平均每个港口）

系在港口的货船四周围着许多驳船，进行货物的装卸。驳船底部较平。

描写码头装卸工人的名作

描写码头装卸工人生活的小说有火野苇平的《花与龙》，讲述曾为北九州若松港煤炭装卸工头目的父亲玉井金五郎的生平，详细描绘了当年那些粗野的码头装卸工人干活的场景。

参考文献:《昭和39年度运输白皮书》，运输省。

《横滨港物语港湾人记》，横滨开港150周年纪念图书刊行委员会，2009年。

《生活之歌 码头装卸工人》,《朝日周刊》，1951年8月19日。

助推手（推车小工）

站在陡坡下，在人力车夫拉着大板车上坡时，在车后帮忙推车，借此获得报酬。从业者几乎都是无家可归的人，住在带米自炊的小旅店，过着乞丐般的生活，靠帮忙推大板车获得一天的酬劳。

东京市内的推车小工，多站在吾妻桥、两国桥、千住坂本王子道、板桥街道、目白、新宿、汤岛、九段坂下、赤坂见附坂下、新桥、日本桥等行人众多的地段，看到人力车夫及运蔬菜去市场的农夫，就上前招呼，帮忙推大板车获得酬劳。

他们平日总是脏兮兮的打扮，双手揣在怀里，站在路旁等待人力车夫，根据车夫的委托，在车后助推十町[①]、二十町的距离。尤其是上陡坡，仅靠人力车夫很难拉上坡，这时推车小工就可以大显身手了。

推车小工经常几人站在一处，因此一有委托，就竞相争抢工作，还在价格上互相竞争。

他们没有家，许多人冬天住在浅草带米自炊的小旅店，夏天就睡在上野公园、浅草公园的长椅上，甚至在墓地、神社的地板下面过夜。因为贫穷，也有人吃不上早饭，拂晓时分就站在市场附近或批发店屋檐下找活干。找到工作的人去饭馆，找不到的就继续站到天黑。到了下午，工作逐渐减少，那一天吃饭就成问题了。

这个行当也有组织，根据人力车经过的数量和委托的情况，一般会定下这里站十人，那个地方站五人。即便出现人员缺口，也不是谁都能填补的，必须要有介绍信。

大正末期至昭和初年，日本各地随处可见推车小工，不过随着货车的兴起，人力车夫和推车小工的工作日渐被替代。例如，从本所四目的腌制品市场到神田多町的蔬菜市场，拉车过去需要一日元五十钱，而开车过去，一辆货车可以装运五辆大板车的货物，运费为五日元。因此大型货物的运输渐渐被汽车取代，推车小工只能推些不上不下的货物，收入自然减少，也就失去了存在的意义。

①日本长度单位，1 町约为 109.09 米。

Data

【日薪】35 岁的工人平均挣 65 钱（明治末期），多的时候数小时能挣 50～70 钱；大正时期，月收入平均为 12 日元（一个月劳动 20 天）

【费用】推 1 里路挣 6 钱（明治末期）

＊早年日本 1 里相当于中国的 8 里

推车小工的经历

成为推车小工之前，多数人曾经营过大商铺，或是技能颇高的职人，只是由于生活放荡，最终堕落到被家族放逐。

参考文献：《明治行商图鉴》，三谷一马著，立风书房，1991 年。
《日本的下层社会》，横山源之助著，岩波文库，1949 年。
《底层的生活底层的底层的再底层》，《神户新闻》，1922 年 4 月 26 日。

助推手
（列车）

在国铁等交通工具的运输高峰时段用力推那些被挤出来的乘客的后背，将他们塞进车厢的人。以昭和三十年十月新宿站招募学生兼职为开端，也称作旅客调整员学生班。

助推手的工作是在国铁等交通工具的运输高峰时段，遇到乘客被挤出车外，则用力推他们的后背，或拼命推行李，让车门关闭。与其说这是一项职业，不如说更像学生的兼职。这是国铁最初的大学生兼职员工。

助推手诞生于昭和三十年十月二十四日，因为经济高速增长，列车车厢的拥挤程度大增，仅靠车站员工已无法妥善处理。这便是其诞生的背景。

国铁让旅客调整员学生班来承担这项业务。助推手通常是用双手推乘客的后背，但车内十分拥挤时，光靠手是没有效果的。这时助推手会背向车门，双手抓住左右车门用力蹬地，依靠后背的力量将露在外面的乘客推进车内。只是交通高峰时段的乘客都怒气冲冲，被人强行推挤或拽出车厢，会出现谩骂或殴打助推手的情况。有时甚至出现在推挤乘客的瞬间，助推手自己也进了车厢，车门就这样关上的情形。

一般每节车厢配一个助推手，不过随着季节变换，助推手的人数也不一样。冬季乘客穿上了厚厚的外套，拥挤程度随之加重，会需要比往常更多的助推手。他们确认乘客都进了车厢后，通知乘务员。在车门关闭后，确认乘客的身体、衣服以及行李都没有露在外面。如果有露出来的，再塞进车厢，有时需要用双手拉开车门。

这个职业是日本独有的，曾以“push man”之名登上海外的报纸。私铁上也能见到助推手的身影。国铁上的助推手从昭和六十年六月一日开始逐渐废止，变成由车站员工负责。

Data
【平均每天的助推手人数】
冬季 130 人，夏季 60 人（昭和 30 年前后，新宿站）

怎么推也没办法……

这项服务有一个特点，不是一见到人挤出车外就推，有时他们会制止那些怎么推都上不了车的乘客，偶尔还会将露在车厢外的乘客拉下车。这称作“剥屋”，是助推手的“副业”。

参考文献:《新宿站站台上的“助推手”——昭和每日》，见每日新闻社主页，2015 年 3 月 24 日。

三轮出租车

三轮出租车盛行于昭和二十四年的大阪。当时四轮出租车的费用为八十日元，三轮出租车便宜，只需五十日元，费用约为四轮出租车的一半，因此也称作“半出租”。

自行车后部安装载客座位的“轮出租”也称作三轮出租车，不过这里主要指由三轮汽车运营的出租车。三轮汽车依靠三个车轮行驶，车轮的位置通常是前一后二。在海外，从汽车制造之初就有三轮汽车，第一次世界大战之后才首次出现在日本，和摩托车的形状比较相似，后方有货架，用两个车轮固定。进入昭和时代，三轮汽车不断发展，逐渐摆脱摩托车车型，在摩托车基础上进行改良的三轮汽车一时很流行。当时带引擎的三轮车常常像轻便卡车一样用作运货车，其中以大发汽车公司生产的迷你三轮车为代表。不过这些车很少用来载客。

昭和二十四年，大阪出现了三轮出租车，在三轮汽车的货架处加装简易的载客厢体，也称作自动黄包车，引擎声非常响亮。

虽然是代替四轮出租车的交通工具，但可以搭乘多位乘客，加上与当时四轮出租车八十日元的车费相比，五十日元的车费几乎是它的一半，十分便宜，因此也称作“半出租”。三轮出租车经常行驶在中京、京阪一带。它使用明和汽车公司744cc的“Akitsu”引擎，比四轮车转弯半径更小，在狭窄街道中行驶更方便。

随着交通运输工具的高速发展，三轮汽车在昭和三十年代离开大众视线。因为有无法快速行驶、转弯时容易摔倒、技术革新不如四轮车等缺点，三轮出租车一直未能摆脱四轮车的代替品的印象，很快消失了踪影。

三轮出租车或许可以说是昭和风景的代名词，至今仍可以在东南亚、南亚、埃及开罗等地看到它的身影。泰国和开罗等地称其为“tuktuk”，是一种平民的交通工具。在泰国，“tuktuk”的原型正是日本使用过的迷你三轮车等三轮汽车。

Data
【费用】50 日元（昭和 20 年代，大阪）
【年生产数量】三轮车 3827 台，小型四轮车 998 台（昭和 21 年）

小说中的三轮出租车

花登筐的小说《了不起的男人》以大阪山善商社的创业者山本猛夫为原型，提到了他将三轮汽车改造为小型三轮出租车，开创新事业，从而引起广泛话题和关注的趣闻。

参考文献:《昭和: 二万日的全记录 第 10 卷 电视时代的开幕》，讲谈社，1990 年。
《Nyle.com:（33）三轮出租车》,《每日新闻》，2014 年 10 月 16 日。

人力车夫

利用排子车等运输货物的人，也称作信使快递。二战后，随着两轮拖车和卡车的出现逐渐销声匿迹。

人力车夫是拉车运输货物的劳动者，他们使用排子车帮人搬家、运送商店货物等。到了近世，城下町日渐修整，道路变宽了，运输的货物也逐渐增多，因此排子车改良为两轮车，可以搬运更多的货物。从近世到昭和时代，这种车在关东称作“大八车”，在关西称作“排子车”。大八车的车轮大，底盘用竹板编制，可运输大量的货物。其原名为代八车，意为可以代替八人完成工作。排子车适应大阪狭窄的街道，车体较小，底盘用木板制成。搬运工在关东称“人力车夫”，在关西称“搬运工人”。

二战前，搬运重物用大八车，搬运小型货物用小车，根据用途分别使用不同的车子。大八车搬运行李或是运输书店的书、牛奶铺的奶瓶时，会在小车上放个带盖的长方形箱子，将书和奶瓶放在里面。

人力车夫分受雇于搬运栈的（长期雇佣）、临时雇佣的、从北陆出来打工的、自己有车单干的等，虽然形式不同，但都身体强健。以日本桥为中心，直到万世桥，用大八车装载两百八十公斤的货物，一天可以往返六七回。长期雇佣虽然稳定，但要扣除车子的租金，占一天收入的两成或两成半。车夫运输的货物，深川一带多为谷物，神田、芝、浅草一带多为砖瓦、木材、薪柴等。后来出现了在大八车上安装前轮，用马拉的货车。

二战结束后，在地方上还能见到用大八车搬运货物的景象，尤其是平原地区，商家常常会拜托人力车夫搬运酱油桶、酒樽、米袋等。人力车夫又被称作信使快递，因从客人处接受委托运到指定的地方而得名。

大八车发展到后来，出现了两轮拖车、卡车，人力车夫逐渐消失了踪影。现在还有摩托车快递（或自行车快递），在都市中穿过拥挤的车列和人群，尽快将货物送达。

关西拉排子车的人力车夫

洋气又帅气

将人力车夫用英文谐音念作信使快递（messenger），是在大正时代至昭和初期随大众文化发展出现的。受西方文化的影响，车夫运货与信使传送快递又有相似性，基于这层含义，特地使用了英语的发音。

参考文献:《明治行商图鉴》，三谷一马著，立风书房，1991 年。
《近代日本职业事典》，松田良一著，柏书房，1993 年。

蒸汽机车司机

燃烧煤炭，依靠蒸汽行驶的蒸汽机车是文明开化的象征。机车依靠机车司机和助手两人运行，他们需要掌握高超的技能。二战后，蒸汽机车逐渐被电车取代，于昭和五十一年消失踪影。

蒸汽机车以煤炭为燃料，行驶过程中不断喷出白色蒸汽。负责开车的人称作机车司机，添加煤炭补充燃料的称作司机助手。

机车司机从事着严酷的体力劳动，同时也要求有高超的技术，必须将列车到站时间的误差控制在十五秒之内。

二战前，成为蒸汽机车司机是少年们的梦想，他们尤其想拥有司机制服上的金色纽扣。报考者从高等小学毕业后，再参加学科考试和面试。报考人数非常多，不过录取人数只有几人，相当难考。考试合格后便去各地区的机务段就职，在那里先做清洁机车的维修员。通过擦洗蒸汽机车的各个角落，培养发现车上的缺陷、龟裂、故障等的眼力，甚至要记住机车的零部件及其功能。机务段的上下级关系非常严格，即便早一天入职，也是前辈，与年龄、学历、工作经历无关。

做了十个月的维修员之后，就有资格参加晋升为司机助手的升职考试。参加考试有两种方法，一是先参加铁道教习所司机助手专业的培训，二是直接参加考试。进入铁道教习所可以学习烧锅炉的技术，像如何高效地燃烧煤炭，提高蒸汽压力等。经过三个月军队般的严格训练，才能得到考试资格。

司机助手用铲子从取炭口铲出煤炭，投入投炭口，这称作“烧锅炉”。假如是上坡的机车，平均一分钟要均匀地添加三十铲煤炭。机车司机和司机助手间有严格的等级关系，助手绝对服从司机。

为了安全运行，必须在铁道教习所参加机车司机的升职考试，合格后才能顺利成为机车司机。从维修员到机车司机，平均要花费五至七年的时间。

进入昭和四十年代，柴油机车登场了。从四十年代末开始，蒸汽机车的身影陆续从各地消失，机车司机成了电车司机。昭和六十二年国铁民营化之后，司机的名称也变更为“驾驶员”。

Data
【月收入】机车司机 55 日元，司机助手 45 日元（另有业务津贴 5 日元），站务员 30 日元（昭和 20 年，关东地区）

司机助手“烧锅炉”，用铲子从后方的取炭口抄起煤炭，投进前方的投炭口。里面是正在开车的司机。

性命攸关的行驶

有时通过隧道要花五分钟左右，曾发生过机车司机和助手在密室状态下吸入煤烟，双双失去意识的事故。切开已故司机的肺部查看，因过量吸入煤烟，肺部漆黑一片。

参考文献:《活着》,佐久间忠夫著,2001 年 9 月 7 日 -2005 年 8 月 5 日连载于《周刊 MDS》, MDS 新闻社。
《SL 机车司机的太平洋战争》，椎桥俊之著，筑摩书房，2013 年。
《您知道机车司机吗？》，载《ALL 读物》1958 年 3 月号，文艺春秋新社。

人力车

人力车是明治到昭和初年，人们的主要交通手段。大正末期，随着日元出租车（现在的出租车）的登场逐渐衰退，二战前一直是短距离通行的主要交通工具。

据说人力车由和泉要助、铃木德次郎、高山幸助等于明治二年前后发明，最初在日本桥附近经营。他们看到从西洋引进的马车，便提议用人力代替马匹来拉车，于是在东京取得制造和经营人力车的许可，眨眼间人力车便流行起来。它比轿子和马车速度更快，很快成为日常交通工具之一，轿子随之销声匿迹。人力车由车夫拉车，在二轮车的客座上支着顶篷或车篷，还会给客人腿上搭块毯子。长距离运输时，偶尔会在中途更换车夫。后来随着铁道的发展，它成为短距离运输的主要工具。

人力车有阶级之分。最上等的称作“包车”，是公司或个人（医生、政治家等）专门雇佣的人力车。次一等的为“宿车”，常常在车行等待，听从客人的召唤。第三等为“番车”，由车夫组成的团体在停车场等待，看到有需求的客人就去拉。最低一等是“朦胧车”，车夫在街头、十字路口等地方徘徊，拉客营业。多数车夫属于“番车”或“朦胧车”。“朦胧车”的“朦胧”是指这类车夫不属于任何团体，夜里上街，一直干到第二天早晨，由此得名。多数车夫住在贫民窟，随身带着毯子，不管哪里都可以睡下，所以大阪人又称他们为“蜗虫”。他们租车干活，生活十分艰苦。车夫需要许可证，多数从业者都是失业的轿夫。

地方上还可以看到新娘子、急救病人、旅行回来的老人坐在人力车上，摇摇晃晃地从街头经过的身影。

从昭和初期开始，随着日元出租、铁道、自行车等的普及，人力车逐渐消失了踪影。东京站的人力车（隶属站内人力车工会）也于昭和十三年四月一日废除。

随着第二次世界大战的局势日渐严峻，汽油的管控越来越严格，人力车的数量一时间增多，呈现复苏的趋势，但现在只有在观光地才能看到人力车载着观光客游览的景象。

Data
【数量】全国约 21 万台（明治后期的鼎盛时期）/13497 台（昭和 13 年）
【费用】不固定，例如 15 町以内，每 5 町 3 钱 3 厘，15 町以上 1 里以内，每 15 町 7 钱 5 厘（均为明治 34 年前后）
【月收入】日本银行董事的“包车”车夫为 6 日元（明治中期巡警的收入为 3 日元）
【日薪】“番车”“朦胧车”车夫为 1 日元 50 钱（昭和初期）

无法松的原型

大正 11 年爱因斯坦访日之际，认为车夫拉车不人道，拒绝乘坐人力车。此后车夫在电影和小说中经常作为不得志的人物出现。岩下俊作在二战前创作的小说《富岛松五郎传》中描绘了出身小仓的无法松，即松五郎闻所未闻的悲哀人生，该小说后来被多次改编成电影。

参考文献:《车夫的生活》，收录于《大正、昭和的风俗批判和社会探访——村岛归之著作选集 第 3 卷 劳动者的生活和“怠工”》，津金泽聪广、土屋礼子编，柏书房，2004 年。
《昭和: 二万日的全记录 第 5 卷 一亿的“新体制”》，讲谈社，1989 年。
《日本风俗史事典》，日本风俗史学会编，弘文堂，1979 年。
《镜头中的社会百态》，收录于《近代庶民生活志 第 7 卷》，南博编，三一书房，1987 年。

灯塔看守人

维护和管理灯塔，使之发挥航线标识作用的职员。灯塔看守人是俗称，许久以前也称海务院标识技术员（或标识技师），二战后一般称作航线标识员。

作为航线标识的灯塔多建在交通不便的地方，因此灯塔看守人要到海角或偏僻的孤岛工作。他们的业务主要有告知船只距离和位置、潮流汹涌的险处的方位，为灯塔点灯、灭灯，转动光源，操作发电机，补给燃料，检查，紧急通报，气象观测，监视海面等，有时还充当参观者的向导。

监视海面尤为重要，依据从灯塔看守人处得到的信息，海上保安部会发出停船命令。遇上雨天，或因大雾笼罩而视线受阻时更需要费心观察。灯塔的涂饰也是看守人的工作。

如今能看到的西式灯塔在江户幕府的末期就出现了，到了明治时期，以石油做燃料的观音崎灯塔点燃后，野岛崎等五处也增设了西式灯塔。从明治十八年开始，不再允许个人私设灯塔，改由国家设置。

二战前，灯塔看守人隶属于通讯省灯塔局，昭和二十三年设置海上保安厅后，改为归属海上保安厅。开设灯塔官员养成所，在那里进行灯塔看守人的培训。

灯塔看守人辗转于日本各地的灯塔，在深深感受到身为大海看守人的使命的同时，他们时常会感到寂寞。因为一座灯塔只有一人或数人看守，是项孤独的工作。如果全家一起上任，灯塔不能缺人，当丈夫出差时，妻子往往要代班。赴任的地点往往是人口稀少的地域，饮用水缺乏，没有医生，连可交往的人都没有，孩子也交不到朋友。妻子分娩时，丈夫不得不充当产婆帮忙接生，生活上的不便数不胜数。

灯塔看守人是朴实又辛苦的工作，但由于他们的存在，船只才得以安全航行。由于灯塔自动化（光源、光圈驱动的改良，信息提供系统的升级）的发展，有人看守的灯塔逐渐减少。平成十八年十二月五日，最后一座有人的灯塔——长崎县女岛灯塔也实现了自动化，灯塔看守人自此消失。

Data

【灯塔看守人数量】全国 1100 人（昭和 28 年的鼎盛时期）/ 仅 1 人（平成 18 年）

灯塔看守人的艰辛

描写灯塔看守人夫妇艰辛生活的电影有木下惠介导演的名片《几度风雨几度秋》（昭和 32 年，佐田启二、高峰秀子主演）。这部电影是以灯塔看守人之妻的手记为基础创作的，电影中若山彰演唱的同名歌曲，是一首寄托灯塔看守人心绪的名曲。

参考文献：《80 年的悲喜 祖孙三代守护的灯塔》，《Sunday 每日》，1958 年 11 月 16 日。

《岛人 20 世纪第 2 部 中村由信的世界16 灯塔看守人夫妇》，载《四国新闻》。

《爱媛、昭和的记忆 故乡的生活与产业 II 伊方町》，2011 年“故乡爱媛学”普及推进事业，爱媛县教育委员会，2012 年。

《日本的灯塔》，长冈日出雄著，成山堂书店，1993 年。

东京电车司机

东京都经营的有轨电车（都电）于明治时代开通。鼎盛时期有四十一条线路，行驶路程二百一十三公里。随着汽车等的普及，昭和四十七年只剩下荒川线（早稻田至三轮桥），司机也减少了。

都电的铁道原本是马车铁道。明治十年，马车成为市民出行的代步工具，行驶于品川、新桥、浅草间。因为发生行人受伤的情况，决定改为有轨道运营，马车铁道于明治十五年正式投入使用。

明治二十三年，“劝业博览会”在上野公园举行，活动现场展示了美国制造的电车。这是东京市民第一次看到电车，狂热的市民开始呼吁“铁道马车已经落伍”。明治三十六年八月二十二日，新桥至品川间的有轨电车开通了。

当时，十位铁道马车司机作为电车司机接受训练。在有轨电车的初创期，从铁道马车时代过来的司机被称作“掌控现场的王者”，深受新司机的敬重。

大正时代有首歌非常流行，“若说东京的特产，那就是怎么也上不去的满员电车”，这正说明了电车的盛况。同时，司机也非常辛苦。护国寺附近有很多银杏树，落叶遮盖了线路，使得电车的刹车失灵，主管人员不得不堆起沙土防滑。

到了昭和时代，要当电车司机，需在小学毕业后接受三个月的训练。不需前辈跟车，独自一人驾驶称作“独车”。对司机来说，达到“独车”的水平是非常可喜的。工作分晚上开始和早上开始的双班制。因为道路状况不太好，二战后台风造成下水道喷水，使得道路不能通行的事情时有发生。

有轨电车也称作“叮叮电车”，源自司机敲响行车钟的声音。昭和三十年代，新宿、涩谷等中心地区仍可看到有轨电车行驶的景象。

现在只保留了荒川线的十二点二公里的有轨电车，司机平均一天载客四万六千人。通过东京交通局的录用考试，就可以成为司机。

Data
【月收入】5 万日元（昭和 35 年，中坚骨干的水平）
【乘车费】单程 7 钱，往返 14 钱，早期的优惠电车单程 5 钱，往返 9 钱（昭和 8 年）
【乘客数】平均 1 天 1000 台都电搭载乘客 170 万人

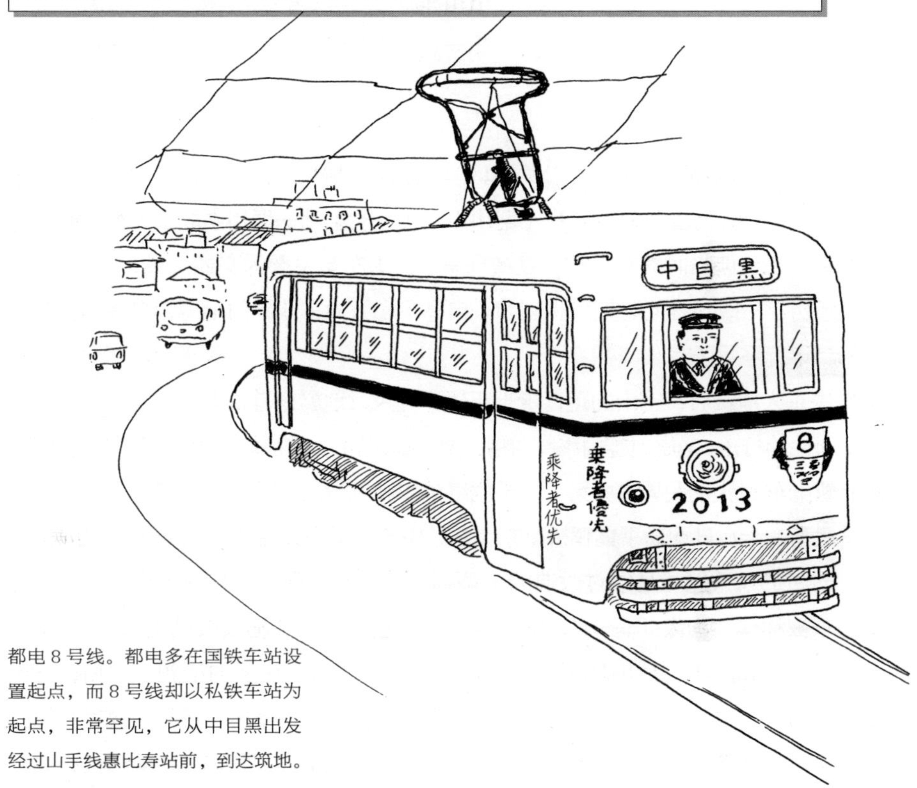

都电 8 号线。都电多在国铁车站设置起点，而 8 号线却以私铁车站为起点，非常罕见，它从中目黑出发经过山手线惠比寿站前，到达筑地。

叮叮电车的由来

有轨电车为什么会被称作“叮叮电车”呢？好像有两个理由。一种说法是源自提醒行人时，司机用脚踩响地板下面的钟发出的声音；还有一个说法是售票员向司机（或司机向售票员）发出信号时敲响的钟（铃）声。如今，有轨电车仍在北海道、富山、广岛、冈山、长崎、熊本等地运营。

参考文献：《为都电的消逝感到恋恋不舍的男子——我是第一号司机》，《周刊现代》，1960 年 11 月 20 日。《劳动的日本人④：方向盘人生 今天也驾驶都电》，《朝日周刊》，1960 年 1 月 24 日。

共乘巴士

指专线巴士，即收取费用供诸多乘客搭乘的巴士。昭和时期，载客的车统称为共乘汽车，巴士称为共乘巴士，出租车称为共乘出租车。

昭和时代的路面交通工具以共乘马车为主流。昭和三十六年，日本第一家经营巴士事业的二井商会开始在京都（堀川中立卖—七条站—堀川中立卖—祇园间）运营共乘巴士，但当时共乘马车、铁道马车、人力车是主要的交通工具，汽车很少，所以经历了一段艰难的时期。也因为来自马车和人力车业界的阻碍，二井商会在开业第二年就停业了。

关东大地震后，巴士的运营走上正轨。关东大地震令有轨电车等交通工具遭到了毁灭性的打击，作为应急手段，东京开始引入巴士，向福特公司定制了八百台车，从有轨电车的从业人员中募集了一千位汽车驾驶见习生。大正十三年一月十一日开始试运营，十八日开通了巢鸭桥至东京站、中涩谷至东京站两条线路。

当时的共乘巴士是经过改造的 T 型福特车，与共乘马车外观很相似。因为共乘马车被称作“圆太郎马车”，所以共乘巴士也被称作“圆太郎巴士”，可以乘坐十一人。昭和三年前后出现了女售票员，一时成为引人注目的话题。之后，巴士取代了马车，成为路面交通的主要工具。战争期间，由于汽油、轻油等燃料缺乏，为确保军用燃料，昭和十三年东京出现了用木炭和薪柴等驱动的共乘巴士，共有三百五十六台。二战后汽油恢复供应，木炭车等代用燃料车随之销声匿迹了。

另外，引擎位于驾驶座前突出的车鼻子位置的巴士从昭和七年开始运行，随着引擎后置的巴士（面包车）的引入，从昭和三十年代开始慢慢消失。从那时起，家用汽车逐渐增加，专线巴士不得不调整结构，由司机兼任售票员，一个人运行一辆车。这就是无人售票车。东京从昭和四十年开始无人售票车的运行，再也见不到售票员的身影了。之后，共乘巴士这个说法也很少听到了。

Data

【乘车费】2 里半 10 钱（大正 13 年，东京市刚开通时）

东京共乘汽车“青巴士”。直到昭和 20 年代，都以这种车鼻子突出的巴士为主流，在狭窄的街道上也能行驶。

源于落语家的名称

落语家第四代橘圆太郎在曲艺场里坐上高席时，没有采用常规的伴奏音乐，而是吹奏着共乘马车车夫的喇叭入场，因此共乘马车取自圆太郎的名字，也被称作“圆太郎马车”。

参考文献:《通过照片看巴士历史 I ~ IX》，日本巴士协会官方网站，2015 年 2 月 11 日。
《“圆太郎”和“日元出租”的时代 昭和初期的汽车普及化》，收录于《昭和：二万日的全记录 第 1 卷 昭和的期待》，讲谈社，1989 年 。
《宫原的民俗》，宫原町公民馆，1982 年。

巴士女售票员

指专线巴士的女售票员。东京市开通市营巴士，取代了因关东大地震毁坏的有轨电车。与女性走上社会的时代背景相契合，出现了女售票员。她们身穿配鲜红衣领的蓝制服，又被称作“红领姑娘”。

大正八年，民营的东京市街汽车公司（后来的东京共乘汽车公司）开通了从新桥到上野的有轨巴士。因为车体为深绿色，被称作“青巴士”。最初没有售票员，安排人员在车站售票。但由于巴士运营不景气，汽车公司陷入了营业危机。为了提升人气，“青巴士”于昭和五年十月引入女售票员，由十五岁至三十岁的女性担任，制服衣领为白色，称为“白领姑娘”。

市营巴士于大正十三年开始运营，作为替代关东大地震中受损的市电的交通工具引入，并扩展了路线。之后，为了与竞争对手东京共乘汽车公司对抗，出现了身穿深蓝连衣裙配红衣领制服的女售票员。她们被称作“红领姑娘”。

东京市女售票员的制服是在三越百货店定制的，由法国设计师测量尺寸并制作。穿西服上班这一点深受女性欢迎，初期（大正末期）应聘者超过二百五十人，录取一百七十七人。其中有十五人是毕业于高等女校的知识分子。她们在上班前三十分钟换上制服，爬梯子到引擎（突出的车鼻子）上擦拭挡风玻璃，用水桶打水倒入散热器中。准备就绪后，从公司领来车票和零钱，把挎包挂在腰带上，然后上车。当时巴士没有车门，没有售票员站的位置。她们把乘客推进车内，自己则站在入口充当车门。

有针对她们的临检，查看她们有无私吞乘客支付的钱款。有时会突然把她们带到房间里，让她们脱下制服进行检查。她们还时常遇到来自醉酒乘客的引诱。所以，到了昭和十五年前后，这个令人憧憬的职业不知不觉给人留下了严苛的印象。

除售票的工作以外，她们还身兼司机的助手。或许是讨厌身体检查，二战后应征售票员工作的女性越来越少。当然还有女性的职业选择增多的社会原因。无人售票巴士开始运营后，售票员也销声匿迹了。

Data

【月收入】平均 46 日元（昭和 11 年）

大阪的巴士女售票员

大阪市营巴士上还出现了身穿骑马裤、脚踏长筒皮靴、戴绿帽子，一副骑马装打扮的巴士女售票员，不过只短暂地吸引了乘客的注意力，没能长久坚持下去。

参考文献:《昭和: 二万日的全记录 第 1 卷 昭和的期待》，讲谈社，1989 年。
《镜头中的社会百态》，收录于《近代庶民生活志 第 7 卷》，南博编，三一书房，1987 年。
《巴士售票员的时代》，正木鞆彦著，现代书馆，1992 年。

街角信使

在公共电话还没有普及的时代，帮人递送信件和口讯的人。他们也在车站前帮忙寄存和搬运小件行李，并承担帮人送货传话的业务。

昭和二十年代前期，新桥站前诞生了一家“万承屋”。那个时代家庭电话还没有普及，公共电话也极为少见，如果有什么急事想给人传递口讯，就得去找跑腿的帮忙，把信件等交给他们，由跑腿的骑着自行车送到对方那里。这些跑腿的人又称作街角信使，在地方上或山村里尤为常见。

新桥的“万承屋”有一辆租借来的旧自行车，屋里摆放一张桌子，备有信纸和信封。开创这项工作的是一个从伪满洲国回来的人。昭和二十年代，人们竞相使用数量稀少的公共电话，可是电话线路并不通畅，经常无法和对方好好通话。想搭乘电车去找人，电车又常常十分拥挤。他敏锐地看到了这种时代的需求，开始提供替代电话和电车的服务。

除了传递信件和口讯外，信使还在城市里的各个车站承接小件行李的运送等业务。做信使的中年男子在车站前打出牌子，等待客人，有需求找上门，就依照写在纸上的地址把行李送到相应的地方。他们并不搬运大件行李，职员下班回家时手里东西多，他们就帮忙拿雨伞等小物件，主要承接这类业务。

直到昭和二十年代，还可以在车站前看到这番景象。但是，随着电话的普及、交通网络的发达，他们的工作也变得可有可无，曾出现过一段时间的街角信使就此销声匿迹。

“信使”不仅仅是指传递口信，还有把行李送到客人指定地点的“跑腿”之意。现在骑摩托送快递的人有时也被称作“信使”。

重要的工具
自行车

客人的行李用包袱皮包
裹是时代特色

Data
【费用】 信件、口讯：3 公里以内 10 日元，每 2 公里增加 10 日元（行李另外收费，昭和 20 年代前期）
【日薪】 40 ～50 日元（昭和 20 年代前期）

生存于夹缝中的产业

二战后，从伪满洲国回来的人们生活非常艰苦。他们得不到政府的援助，又没有资产，为了活下去只能绞尽脑汁，干那些几乎没有人愿意干的工作。“街角信使”就是在这种窘迫的状况中诞生的。

参考文献:《稀缺买卖往来》,《朝日周刊》，1947 年 4 月 27 日。

木炭巴士

不用汽油，而是靠木炭做燃料行驶的巴士。战争期间，随着时局的恶化，物资开始统一管理，日本的石油供给日趋严峻。从昭和十三年开始，东京街头出现了木炭巴士。

日本进入战争时代之后，物资必须优先供给军备，平民在日常生活中不得不开源节流。其中最严重的问题是石油不足。东京最大的巴士公司“日本共乘巴士”是一家规模庞大的企业，拥有东京八家巴士公司中三分之二的车辆。但就在那时，随着战争局势的扩大，石油必须优先考虑军备供给，近卫文麿在昭和十二年十月一日的内阁会议上向运输公司提出节约石油的要求。

东京共乘巴士公司考虑到时局的因素，从昭和十三年一月开始试行木炭车，并宣布于七月十六日将所有的巴士更换为木炭车。公司的五百多辆巴士于年底前全部改造成木炭车。

木炭在煤气发生炉不完全燃烧，产生以一氧化碳为主要成分的煤气，输送至引擎，从而驱动木炭巴士。引擎部分保留以往的形式，所以木炭车的改造很简单，只要在车后部安装煤气发生炉就可以。但是，这种车也存在很大问题。一个是启动很慢。司机点燃木炭需要时间，点火五六分钟后，引擎才能启动，相当不方便。开始运行后，从汽缸中取出木炭，除去焦油等也要花费很多时间。而且为了产生煤气，司机助理在行驶中要不断搅动炉子里的木炭，一路下来脸上全是煤灰。

昭和十四年，木炭也开始供应不足，不得不寻找替代燃料。薪柴、天然气、煤气、酒精、甲醇等都使用过。尤其是薪柴经常用在木炭车上，但启动慢，马力不足，加上速度也慢，遇到陡坡就动不了。遇到这种情况，司机只能招呼“各位，请下车帮忙推一下巴士”，在乘客的推动下，巴士才慢慢爬上坡。

二战结束后，物资仍然在统一管制，因此直到昭和二十年代中期，街头仍可以见到木炭车在行驶，车子后方吐着黑烟。随着汽油的普及，这种有几分滑稽的木炭巴士消失了。

Data
【运营台数】554 台（昭和 13 年 7 月，东京共乘巴士）
【费用（每公里）】汽油巴士 2 日元 50 钱 / 木炭巴士 3 日元 26 钱（昭和 13 年前后）

虽然缺点很多，但木炭车在战争期间
作为平民的交通工具，非常活跃。

“缓慢”的代名词

木炭巴士因为引擎启动慢，行驶速度慢，遇到陡坡就停等，成了“动作缓慢”和“慢性子”的代名词。有时还会出现路况不好使得车子颠簸，反而跑得快这种令人啼笑皆非的状况。

参考文献：《木炭汽车时代》，收录于《昭和：二万日的全记录 第 5 卷 一亿的“新体制”》，讲谈社，1989 年。

摆渡船船老大

因为大河上桥梁少，船老大在固定时刻出船将客人送至对岸。即便进入平成时代，桥梁少的河流上还是有摆渡船。横渡江户川的矢切摆渡船就很有名。

大河上桥梁很少，有河川太宽无法架桥的原因，另外在江户时代，为了防御他藩的攻击，河上禁止架桥，人们搭乘摆渡船过河。

近世以来，就算进入昭和时代，摆渡船的船老大也多数是当地的农民，祖祖辈辈担任船老大。昭和初期，也有人年轻时在小舢板上工作，上年纪后才开始划摆渡船，或者因公所的委托担任船老大。

到二战之后，因为水库少，河川的水量无法调节，受自然环境的影响很大，要让摆渡船平安到达对岸依然很不容易，需要有独特的技术。

九州最大的河流——筑后川即使到了昭和时代，桥梁还是很少，摆渡船就成了去往对岸的主要交通手段。有身穿白无垢的新娘和家人一起搭船，还有上班族、学生带着自行车一起乘船，连牛马、马车、卡车、两轮拖车也曾经搭乘过摆渡船。

但河流引发的事故时有发生。昭和十八年，佐贺县赤松国民学校的六年级学生去对岸的福冈县柳河町（现柳川市）修学旅行，回来的途中，摆渡船出了若津渡口，因为搭乘人数过多加上涨潮的缘故，临近岸边时发生翻船。老师不断地救起落水儿童，最后由于力竭，和六名儿童一起被浊流吞噬。

随着河流上不断架起现代化的桥梁，摆渡船的作用逐渐减弱，接连被废弃。其中筑后川的“下田渡口”一直运营到平成六年，随着下田大桥的建设而废止。那时摆渡船的经营时间为早上六点半到晚上八点，由三名船老大双班倒（早晨六点半至十二点半，十二点至晚上八点），使用可以搭乘二十六名乘客的木制汽船。因为是县营的摆渡船，搭乘免费。花上一分钟就可以横渡三百五十米宽的河流。在盂兰盆节、正月等节假日也运营，全年无休，所以船老大即便生病了也不许请假。

小孩大人都可以利用的摆渡船，是上学、上班、外出购买生活用品时不可缺少的交通工具。

横渡九州最大的大河

筑后川是全长一百四十三公里的大河，江户幕府不允许架桥，上游（大分县日田市）到下游（福冈县大川市、佐贺县佐贺市）一共建了六十三个渡口，横渡这条河全靠摆渡船。

参考文献：《下田的渡口——筑后川·最后的摆渡船　城岛町故乡文库》，城岛町，1996 年。

《久留米市史　第 2 卷》，久留米市史编撰委员会，1982 年 11 月 25 日。

《广报诸富》，佐贺县诸富町，2003 年 8 月号。

樵夫

在山林进行伐木、清理、加工、粗刨等木材加工的人。在小头目的统领下，樵夫们集体进行劳作，也称“伐木人”或“伐木工”。

樵夫的工作主要是到长满树木的山中伐木，并清理木料，砍掉圆木上的枝丫，削平木料上的疙瘩，将其修整为四方形的木材或板材。

樵夫小头目率领二十至三十人的团队，与树林的主人签订合约进行劳作，并从主人处收取报酬，有的按产量获得酬劳，有的采取承包制。

樵夫如果是在山中腹地伐木，就搭建伐木小屋，暂住在那里进行劳作。樵夫的工作分以伐木为中心的“先山”和以木料清理为中心的“削斫”两大类，后者又称作“后山”。“削斫”是用斧头、锯子、楔子修整木料的形状。诸如斧头就有许多种类，如伐木用的大型宽刃斧、削砍枝丫的枝伐斧、小型斧头等。

他们跟随老师傅学艺，习得技术，获得许可证。伐木的手法和工具等都会传承下来，传说在斧头（又称 YOKI）上刻七道纹可以除魔，另外据说还有避开山神降下的灾难的方法。

伐木等作业结束后，利用倾斜的山坡或用车将木料搬运下山，还可以用马车拉。利用河流搬运木料时，他们采取先堵住水流，再利用河水的冲力运送木材的堰流法或利用筏子运送木材的筏流法，将木材运送到下游。从事搬运的人们被称作“漂夫”。这些木材最后成为造船工人和木匠的材料。樵夫多数从事农业，农闲时进行伐木。

后来开始利用电动工具加工木材，出现了木料整理工等专门从事木材加工业的人员，因此“削斫”消失了，只留下伐木的“先山”。现在，地区的林业协会一般会配备一名负责先山工作的人，属于组织的一员。

在雪山中砍伐大树的樵夫。链锯直到昭和 20 年代才出现，之前，伐木都是靠斧头和锯子。

独特的迷信

樵夫信仰山神，他们使用的工具和风俗中有独特的一面。据说在称作 YOKI 的斧头上刻上七道纹可以除魔，入山时用它砍下树枝做成男根进行祭祀。京都的山村规定杉树必须冲着山那一方倒下，还要在树桩上插上伐倒的树木的枝尖。

参考文献:《民俗探访事典》，大岛晓雄等编，山川出版社，1983 年。
《日本民俗事典》，大冢民俗学会编，1994 年。
《日本民众史 2: 山里的人们 》，宫本常一著，未来社，1964 年。
《日本民众史 6: 生计的历史》，宫本常一著，未来社，1993 年。

矿工

煤又称作“黑色钻石”，矿工要在地下数百米长的坑道里进行开采，浑身黑漆漆的。粉尘爆炸等事故频发，是项危险的工作。

从江户时代末期开始，煤炭的开采就是各藩财政供给中的一环，规范化开采是进入明治时代以后的事情。因为工作性质危险，成为官营事业后，主要由监狱的犯人进行开采。后来煤矿转让给财阀，开始从平民中雇佣矿工。矿上的劳动环境非常严苛，矿工不得不裹着一条兜裆布在地下开采，女性也半裸着身体劳动。战争期间，还曾从别国征用矿工。

矿工搭乘叫作“斜坑人车”的升降机，来到地下三百米左右的开采现场（也称切羽）。工作主要分挖掘和采煤两大类，新人有时会在漆黑的地下坑道里因恐惧而退缩，安在头盔上的头灯是唯一的依靠。挖掘是指挖坑道，由称作“先山”的熟练工带领三到五位称作“后山”的新人，用火药炸开岩石。先山将崩下来的岩石砸碎，弄成容易搬运的大小。后山用手推车将这些碎石块搬运出去。为防止坑顶塌落，用木板或木条搭架子顶住坑道。

采煤时，先山用鹤嘴镐和铁铲刨挖煤层，后山将挖出来的煤装进手推车（也称煤车），运到坑道出口。一天可以向前挖掘三米左右。“采煤”对矿工来说是出了名的好工作，酬劳也高。

他们的工作一日三班倒（早晨到傍晚，傍晚到深夜，深夜到早晨），每周轮换一次。工作现场是在深深的地下，通风很差，非常闷热。昭和三十八年三井三池三川煤矿发生粉尘爆炸事故，导致四百五十八名矿工身亡。直到现在仍有人深受后遗症折磨。在煤矿上工作十分危险，正因如此，他们的集体意识很强。大家一起住在公司提供的住宅，各家之间的交往也非常密切。

昭和三十年代中期，政府将能源的重心转移到石油上，煤炭逐渐不受重视，煤矿接连不断地关闭和裁员，还发生了“三井三池争议”等劳动纠纷。

Data
【矿工人数】3244000 人（昭和 15 年）/198000 人（昭和 36 年）/198000 人（昭和 44 年）
【煤矿数量】945 座（昭和 28 年）/159 座（昭和 44 年）
【月收入】矿工 16699 日元，职员 32888 日元
（昭和 30 年，三井三池煤矿，30 多岁的工人的水平）

矿工的悲惨故事

煤矿上的劳动非常残酷，经常发生粉尘爆炸事故。直到昭和前期，三井三池煤矿的工人都以犯人为主，也有女矿工和朝鲜人。来自与论岛的人们受到歧视，劳动条件尤为严苛。从日本的煤矿行业中，可以隐隐看出近代历史的负面性。

参考文献:《写真物语: 昭和的生活 4 都市与城镇》，须藤功著，农山渔村文化协会，2005 年。
《会社年鉴 1995 年版》，日本经济新闻社，1954 年。
《盛开在煤矿町的原贡棒球——三池工业高中 甲子园优胜的轨迹》，泽宫优著，现代书房，2004 年。

屋顶修葺人

第二次世界大战后瓦片才普及，之前平民的房屋多数是茅草屋顶。盖房子时，工匠带头召集附近的人一起铺屋顶。这称作劳动互助。

茅草屋顶因地域不同有不同的形状，修葺屋顶的工匠的改铺方式也会因地域出现差异，各自形成固定的流派和特色。广岛有“艺州流”，新潟有“越后流”，神奈川县则传入了“会津流”的技术。茨城县的屋顶修葺人称“筑波流”，筑波山麓一带是富裕的谷仓地区，有钱有势的富农居多，因此与邻家相互比拼，建漂亮的屋顶，于是那一带发展出装饰精美的屋顶。修葺屋顶的茅草并不是某种特定的植物，像芒草、芦苇、青茅都会拿来使用，是这些草的总称。

明治时代，一般的民居多数是茅草屋顶，稻草三年左右就会烂，必须定期改铺。用芦苇的话，可以维持四十年以上，不过因为价高，平民多选用便宜的稻草。修葺屋顶时，村民通常通过劳动互助，共同协作。开始用麦秆铺搭屋顶后，需要频繁地进行改铺，因此诞生了专门的屋顶修葺人。

当初是在农业劳作的间隙，为了挣点零钱才铺一下屋顶，所以定居在某处的屋顶修葺人很少。不久人们掌握技术，出现了该地域专有的屋顶修葺人。他们十三岁开始拜师学艺，经过七年时间磨炼技术，使用屋檐剪、屋檐锤、小砍刀、锯子、抹子，从檐头开始铺搭稻草。每铺一层就用竹子捆扎，一共要铺五层，一点一点往上摞。接着用屋檐锤敲打，整形固定。

新房子的屋顶修葺，一般是工匠带头，招呼众多村民一起帮忙。最容易损伤的顶部的修整，就交由工匠一个人完成。渐渐地，民居的屋顶修葺越来越少，这项技艺更多地用在寺庙的正殿等文化遗产的复原方面。

昭和二十年代以后，瓦屋顶的房子增加，出现了瓦屋顶修葺人。进入经济高速发展时期，和式住宅日渐兴盛，瓦屋顶修葺人迎来了鼎盛期。但是随着西式住宅的增多，他们不仅要修葺屋顶，还开始做外墙施工、钣金工等。

屋顶改铺的作业接近尾声时的光景。

工匠带头，招呼家人和附近的人们一起修葺屋顶。

他们穿胶皮底的布鞋，戴黑漆帽，戴袖套，进行重体力劳动。

东北地区的“茅屋人”

屋顶修葺人也称“修葺木匠”，东北地区还称“茅屋人”，九州地区也称“芭蕉”。屋顶的形状存在地域差异，屋顶修葺人的称呼也各不相同。现在，根据《建筑基准法》第二十二条，禁止用易燃的茅草进行屋顶修葺。

参考文献:《现代职人列传——神之手会说话》，饭田辰彦著，河出书房新社，2004 年。

《广岛县熊野町的草屋顶民居保存现状的相关研究》，大本浩，载于《2012 年度 近畿大学工学部建筑学科毕业研究概要》。

挖井人

二战前自来水还没有完全普及，地方上的人利用水井打水。专业的挖井人祖祖辈辈做着这份工作，熟知该地的地下水脉，在能找到地下水的地方挖水井。

成为挖井人的必要条件是熟知该地域的水脉。自来水普及前，各地都有挖井人，他们多数是祖祖辈辈都做这份工作，对土地的构造非常熟悉，熟知这个地方的点点滴滴，用铁锹挖井。每个区域都有固定的挖井人。

他们也被人们叫作“挖井名人”，其中有人一生中挖了上千口从不干涸的水井，工作时全家一起出动。

挖水井由挖手、现场掌控人、张挂网子的布网人一起进行。挖手要先挖一个边长一米、深七十厘米的四方洞口（称作挖口），然后扩成圆形。所用的铁锹有手柄短的、长的、弯曲的之分，根据情况选择适合在狭窄处使用的工具。

现场掌控人则在挖口搭建三脚挖井车。布网人则把网子穿过三脚，垂下地面，把挖出来的土拉到地上。现场掌控人不断地张望挖掘出来的洞穴，指示布网人上上下下拉动网上的桶。土装得多了，会提醒布网人“慢点拉”，以免桶掉落。因为需要挖得很深，是豁出性命的活计，团队配合非常关键。

水井挖得深才出水，不容易干枯；挖到中途便出水（浅层地下水），就容易干枯。另外，水量还受气候影响，雨水多的年份到了夏季也不会干枯。上总地方称水井的取水层为“SHIKI”，凭经验可以找到不错的取水层。

进入经济高速发展期后，下水道工程等使地下水的流动发生了变化，地下涌出的水很多都干枯了。水质变坏无法饮用的情况也增多了，但挖井人依然保持着追求净水的那种求道般的情怀，这是他们的骄傲。干净的水对眼疾和皮肤病都有功效，所以井水深受大家的珍惜。

如今，水井多通过机械进行挖掘，人工挖水井的情况也少了。挖井人也都上了年纪，由于没有后继人，数量也越来越少。

Data

【费用】按挖两口水井估算，只要一口井出水，剩下那口井就是挖井人赚到了

（上总地方按照出水量签协议，规定了 1 分钟出水量的费用。如果不出水，就不支付费用）

参考文献:《水井和水道》，水道研究会著，北斗出版，1998 年。

《日本民俗文化大系第 14 卷:技术和民俗（下）都市·町·村的生活技术志》，森浩一等著，小学馆，1986 年。

当铺

将客人送来的物品（钟表、衣服、戒指等值钱的东西）作为抵押，贷钱给他们的买卖。客人没在规定期限内还钱，抵押的物品就成为死当，被当作商品出售。

进入昭和时代，当铺数量最多的时候是二战前和经济高速发展期。经济困顿的人送来抵押的值钱物品（称作当品），当铺进行估价，决定一个借贷的金额。因此判断物品的真伪就成了当铺必需的能力。衣服、戒指、钟表、乐器、相机、运动器具、书画古董等都称得上当品中的贵重物品。

当铺和单纯的高利贷不一样，重视审美能力，因此需要经过大约十年的学习，不但要学习鉴定相机等特定物品，还要精通其他领域，如化学纤维流通的时候，就得学习区分纯毛与混纺的差异。在假日里去百货商店摸摸这些东西，增强眼力。客人有出售赃物的，也有将便宜货伪装成高级钟表的。有多年经验的人只要看一下对方的眼睛，就能分辨出真假。当铺的人不单单有看东西的眼力，还有看人的眼力。

客人只要在偿还期限（昭和二十年代后半期是九十天）内支付所借金额和利息，就可以取回抵押品。如果不能支付，就会成为所谓的“死当”，摆在店里作为商品销售。当品中最理想的是衣服，容易接收，即便死当了，也容易卖出去。贷出的价格，如果是新品，按“原价四分之一”的基准，以一万六千日元的西服为例，借贷四千日元以内的一般不会亏损。如果成了死当，就以五千日元的价格卖掉。

考虑到客人的面子，当铺一般不设在大马路上，而是设在不引人注目的小巷里。二战后没落的旧华族等面皮薄，不愿走进当铺，多数通过“艺伎屋”进行代办。艺伎屋的女仆将送来的物品带去当铺，以艺伎屋的名义进行抵押。

昭和二十年代后半期，当铺中有大量的一百日元纸币，被视作经济不景气的预兆，从中可以解读出通货膨胀等经济动向。当铺中也有奸商，将物品一直压着不还，欺瞒客人的事件时有发生，甚至将抵押来的物品再抵押给上一级大当铺的总管。

到了昭和五十年代，以工薪阶层为对象的高利贷等金融机构增多。那些机构往往很快就能借到钱，需要专业的职人技能的当铺随之减少了。

Data
【全国的当铺数量】41539 间（昭和 33 年）/ 8321 间（昭和 59 年）/6313 间（平成 4 年）

从家庭主妇到赌徒

来抵押的人分“家庭抵押”和“赌棍抵押”两大类。“家庭抵押”是指为了生活资金来抵押的人，以家庭主妇居多，也有因丈夫挥霍无度导致生活困顿的情况。“赌棍抵押”指赌徒前来抵押，从而产生了大量金钱交易。

参考文献:《当铺三十年》，小坂浅次郎，载《中央公论》1953 年 8 月号。
《这里是当铺，请进——从窗口窥看悲喜交错的人生》，泷田爱子，载《地上》1961 年 6 月号。
《当世当铺物语》，玉川一郎，《文艺春秋 临时增刊》，1955 年 5 月 5 日。
《近代日本职业事典》，松田良一著，柏书房，1993 年。

寄宿公寓

向学生、社会人员、体力劳动者出租房间，提供生活场所的职业。学生一般签一年契约，按月支付房租，租住房东家的一个房间（也称租房间）。

明治时代，随着东京、大阪、京都等大城市设立帝国大学和私立大学，寄宿公寓应运而生，为地方上来的学生提供学习的居所。

二战后，大学的数量增加，求学者也增多了，仅仅依靠校内宿舍难以容纳所有学生。而且许多学生不想被宿舍里的前后辈关系及规矩束缚，喜欢去校外租住寄宿公寓。

经营寄宿公寓的人家，多数是丈夫在战争中死去，或因病及事故早逝，妻子为了赚取生活费，将房子改造，隔出学生用的房间，或将二楼全部改成寄宿公寓。一户人家中住五至十位学生，也有帮忙做早晚饭、带伙食的寄宿公寓。电话采取传达的形式，一般规定门禁时间。公寓经营者代替父母之职，倾听学生遇到的苦恼，提醒他们注意自律，有时还与家长紧密联系，共同看护学生。

随着公寓和单身公寓的出现，学生们更加追求自由，渐渐对寄宿公寓敬而远之。学生的性格也出现了变化，不想受到干涉，更重视个人空间。现在，租借房间的寄宿模式基本见不到了。

劳工寄宿公寓是指类似章鱼小屋的狭小房间。在昭和三十年代的经济高速发展期，承包公司临时雇佣的体力劳动者就住在这种地方。公寓由公司经营，一幢房子里住十二三人，四五叠大的房间里睡四个人。

总公司支付的酬金，房东先扣除房租等费用，然后再发给劳动者，工人手里几乎剩不下什么钱，因此也无法去租其他房子，只能一直住在劳工寄宿公寓里，直到熬坏身体不能干活为止。他们注定要一生操劳。

现在，劳工寄宿的形式表面上已经消失了，不过随着派遣员工的增多，贫困者也在增加。虽然形式改变了，体力劳动者的恶劣工作环境还是令人担忧。

> **Data**
>
> 【房租】学生寄宿公寓：每间 6 叠大，并带两餐的月租为 46000 日元（昭和 60 年，川崎市）；劳工寄宿公寓：1 晚（含餐费、被褥费用）250 日元（昭和 34 年前后，八幡制铁承包的公司）

从厕所到屋内各处，寄宿公寓里贴满了细致的注意事项，督促学生过节制的生活。

章鱼小屋的用词

章鱼会吃自己的脚爪，因此让人束手束脚的狭窄住处常被称作“章鱼小屋”。另外也有像捕章鱼的陶罐似的，进去了就出不来的意思。

参考文献：《放浪之歌——一份人生记录》，高木护著，大和书房，1965 年。
《昭和的工作》，泽宫优著，弦书房，2010 年。

劣质杂志从业者

二战后没多久，昭和二十一年至二十五年间出版内容淫猥又怪诞的大众娱乐杂志的从业者。在纸张不足的年代，他们用再生纸做杂志。

劣质杂志诞生于日本战败后没多久的时候。出版物从之前的管控中一下子解放出来，如决堤般出现了大量描写性、犯罪、猎奇、推理等内容的读物。引领这股潮流的便是用低劣的纸张制作的大众娱乐杂志。

二战后，按驻日盟军总司令部的要求，纸张受管制，不过劣质杂志采用了管制对象外的仙花纸（利用废纸再生的纸，也称劣质纸）。

杂志内容多以性风俗为主，有《风俗研究》《自由主义》《情侣》《好色草纸》《怪奇实话》《all 夜话》《犯罪实话》等杂志。

《猎奇》是茜书房于昭和二十一年十月发行的杂志，因号称要从正面描写性而吸引了人们的注意力，两万册创刊号在两小时内就销售一空。第二期也卖了六万册，但随即被警视厅保安科冠以传播淫秽物的罪名，结果发行到第五期便停刊了。其他的劣质杂志也多有色情插画及封面。从昭和二十一年开始，有一百多种杂志刚发行又马上消失。对时代潮流敏感的学生中也出现了许多自行创刊的人，如东京大学的学生室伏哲郎等人便发行了《Number One》。

昭和二十二年，还有三十多种劣质杂志在市面流通。发行这些杂志的“日本观光社”“畝傍书店”“犯罪科学社”“耽美社”等都位于东京神田。发行正当杂志的出版社被称作“内神田”，与发行劣质杂志的“外神田”以示区别。也有许多出版社的杂志仅仅更换封面和名称，不断地创刊停刊。

因标榜内容自由，这些杂志一时博得很多关注，但杂志内容多数纯粹出于兴趣，没有明确的方向性，因此劣质杂志在昭和二十五年前后渐渐消失了踪影。

Data
【销售价格】
《乐园》58 页，8 日元（昭和 22 年，日本观光社发行）
《维纳斯》48 页，30 日元（昭和 22 年，耽美社发行）
《新自由主义》36 页,20 日元（昭和 22 年，东亚社发行）
【发行数量】《夫妇生活》创刊号，7 万册（昭和 24 年）

劣质杂志与劣等烧酒

驻日盟军占领期间，酒的配给受到了管制，因为那还是食物紧缺的时代。人们大量饮用私酿的粗劣烧酒，据说酒精的刺激性很强，喝上三合* 基本就会失明，由此将那些发行三期就停刊的杂志称作“劣质杂志”。

* 日本按合售卖酒，每合约为 180 毫升。

参考文献:《昭和：二万日的全记录 第 8 卷 占领下的民主》，讲谈社，1989 年。

报社信鸽管理人

电报还不发达的时候，报社在信鸽身上绑稿件，将地方上的重大消息送到东京的总社。报社中培育信鸽的“信鸽管理人”多数隶属于“编辑局机关情报部信鸽室”。

进入明治时代，日本陆军开始培育军用信鸽。东京朝日新闻社对鸽子传讯非常感兴趣，这是报社使用信鸽的开端。那时电报还不发达，各地的重大新闻无法送到总社，因此在信鸽脚上绑上稿子让它飞到总社，后来还传送照片的底片。关东大地震造成通信网中断，各家报社都有鸽舍，所以将体育比赛的实况、仙台举行的陆军演习等写成报道，用信鸽送到东京。仙台距离东京约三百公里，信鸽飞上四小时四十分钟就能到达。

训练和培育信鸽的“信鸽管理人”是报社内的专门职位，一般不会出现变动，由少数人从事。他们从公司领来信鸽，在报社大楼的楼顶搭建鸽舍，每天早晚有规律地放飞信鸽，让它们运动。通过训练将信鸽分成东海道线、东北线、中央线、上越线、信越线，从楼顶放飞，让它们熟记地形。信鸽管理人的休假采取轮班制，与周六日无关。

地方上的新闻，尤其是山区、离岛等发生事故的新闻稿都依靠信鸽传送。管理人将五六只信鸽装进笼子，交给记者，教他们绑系信筒和照片筒的方法。为了避免在飞行过程中被其他鸟类袭击，五六只信鸽为一组。其中两只信鸽背照片筒，另外两只脚上绑着装有照片说明的信筒。剩下的一只什么都不绑，飞行中起到带领其他信鸽的作用。所有信鸽都平安返回的时候，是信鸽管理人最开心的瞬间。

昭和十五年，报社能及时报道三宅岛火山喷发的独家新闻，就是信鸽的功劳。读卖新闻社送达照片的信鸽还被授予了社长奖。

二战后没多久，随着新闻报道竞争愈发激烈、传真机的发展、直升机的引入，照片的传送不再是问题，信鸽一展身手的机会减少了。到了昭和三十年代中期，新闻界不再使用信鸽。有的信鸽被野鸟袭击，返回时已经受伤。信鸽的寿命一般只有五六年，而鸽子的寿命是十年，所以这项业务对鸽子来说是十分残酷的。

Data

【信鸽数量】3172 只（昭和元年）/ 约 300 只（昭和 29 年）

【通信数量】传送信纸 4036 张，照片 60 张（昭和元年）/ 稿件 211 份（昭和 29 年）

* 所有数据都以东京日日新闻社为例

塑成青铜像的信鸽

朝日新闻社的旧报社有乐町 mullion 大楼的十四层有座信鸽的青铜像，刻着这样一段文字：“它们为了新闻报道，在天空中不断拍打着翅膀，有时冒着被鹰袭击的危险穿越山岭、跨过大海，有时甚至要穿过枪林弹雨。仅以此碑讴歌这些完成非凡任务的可爱的鸽子。昭和 37 年 6 月　朝日新闻社。”

参考文献：《传信鸽　另一种 IT》，黑岩比佐子著，文艺春秋，2000 年。
《昭和　消逝的风景与人情》，秋山真志著，白杨社，2009 年。

电话接线员

昭和四十年代之前，日本的电话必须通过接线员来连接。接线员被视为一种时髦的工作，从业者多为女性，而真实情况是工作环境严苛，压力非常大。

日本电话接线员的业务始于明治二十三年的东京至横滨间。当时电话机之间无法直接相连，必须将对方的电话号码告诉接线员，由接线员帮忙接通，才可以与对方通话。

电话接线员多为女性，因为女性记忆力更好，能准确地将听到的信息传达给对方。还有一个原因是打电话的人以男性居多，女性的声音既容易听清又温柔。

当时的接线员多数是士族出身的良家女子，早晚有女仆迎接，也有年轻女子搭乘人力车上下班，是走在时代前端的工作形式。

当时生活不富裕的家庭是无法申请电话的，普通家庭到了昭和四十年代才终于安上电话。昭和三十年代之前，交换机的容量很小，同一市内可以直接打到对方的电话机上，但从东京打到大阪，就要通过电话接线员的转接。明治时期，这是一种令人崇拜的女性职业。到了大正时代，出现了揶揄之声，比如“喂喂姑娘”，“（模仿电话接线员的语气）我是多少号学校的学生”等，人们渐渐地开始蔑视女接线员。如果不能马上连通线路，有的男性顾客还大声斥责，回答晚上一秒也会遭到怒骂。电话费上涨了，她们也会接到投诉的电话。在这种精神压力之下，很多接线员干上三四年就辞职了。

二战后，全日本的电话数量增加，灯一亮接线员就得马上应答，连接对方所说的号码。尤其上午十点是高峰时段，电话如怒涛般打进来。也有值夜班的情况。管理层会秘密地将员工的应答情况录下来，管理非常严格。这份工作要求员工有非凡的忍耐力，头脑要转得非常快，还必须有应对他人的能力。昭和四十年代后期，电话线路逐渐发达，不需要接线员就能与对方通话，接线员也随之消失了。

Data
【初次任职的月薪】见习生 18 日元，正式录用后 25～50 日元（昭和 6 年）
【工作 17 年的月薪】65 日元（昭和 12 年前后）
【工作 30 年的月薪】115 日元（昭和 12 年前后）
【人数】全国 6 万人（昭和 20 年代后半期）
【工作时间】上午 8 点半至下午 5 点

安装在手边的拨号盘
是明显的特点

昭和 40 年东京市外电话局市外通话接线台的情形。当时女性当电话接线员，是非常时髦的工作。

口号是“顾客总是对的”

接线员接到的电话中，不乏陌生男子的约会邀请、棒球比赛的结果汇报、咨询某个女演员的结婚对象等骚扰内容。但电话公司的口号是“客人总是对的”，不允许冷冰冰地应答。

参考文献:《接线员还活着:只要呼叫就必须回复的可怜习性》,越智新平,载《小说公园》1954 年 4 月号。
《劳动女性的世界——造访中央电话局》，林芙美子，载《妇人公论》1937 年 1 月号。
《喂喂日记》，水本余志江，载《妇人朝日》1956 年 2 月号。

流浪诗人干过的工作

流浪诗人高木护出生于昭和二年。从昭和二十年代至三十年代后半期，他干过大约一百二十种工作。问他为什么会干这么多种工作，他的回答是因为战争。高木是“陆军气象部”的“少年军属[①]”，从事过气象观测工作。曾在新加坡患上疟疾，高烧失去意识，被人送去停尸房，竟在那里奇迹般活了下来，后来复职。

但是，他还是不断受到疟疾后遗症的折磨，无法深入思考。想东西想到一半，头脑就空白一片，记不起之前在想什么。想认真找份工作，但面试的时候常常无法将自己所想的好好表达出来。如此一来，为了生存，他只能在九州流浪，一路上干些临时短工。这也反映出一个战争受害者的悲哀。

罗列他干过的工作，那些只存在于人们记忆中的职业逐渐浮现在眼前。现在这些昭和时代的行当已随着经济高速发展而消失了。

其中的一部分工作罗列如下（与本书内容重复的除外）。

昭和二十年代

【雇农】农家的日工，住在马棚的二楼。

【武打剧团】大众戏剧的一种，以集会场所、寺庙为演出舞台。高木扮演被砍杀的角色，被杀死后马上换服装，再去扮演另一个被砍杀的角色。

① “军属”意为军队职工，不属于军人，主要指从事技师、勤杂人员等工作的人，里面又有细分，少年军属是其中之一。

【思想团体常任委员】二战后的假右翼社团，高木的职务是文化部长兼中央常任委员。

【小贩】在街头贩卖从黑市上买来的粮食，是黑市交易的狗腿子。

【黑市看守】在无照经营的黑市、跳蚤市场上工作，注意警察是否出现。

【糖果铺】从鹿儿岛采购红薯饴糖、黑砂糖，支个摊子卖。

【算卦先生】说是算卦先生，其实是假的。高木说只是在宽慰人，主要帮客人做些人生咨询。

【猪圈看守】打扫养了大小二十头猪的猪圈，帮忙喂食，住在猪圈边上。

【赵家顾问】为私酿酒、经营餐厅的赵家做咨询顾问。

【金属回收业】金属原料的投机买卖，低价购买金属进行销售。

【冲压工厂董事】冲压是指加固金属原料，再将其批发给需要该原料的专业人员的工作。

【破布分选工】破布是指布头，从堆积如山的破布中挑选出好的，卖给同行。

眼睛不好使就没法干这一行。

【街头拉客】为黑店在街头拉客，多是风俗业的店铺，瞄准那些对当地不熟悉的人，敲诈他们的钱。

【浊酒铺】高木所在的村子里大米产量很少，人们私酿浊酒来卖。

昭和三十年代

【碎石工厂】炸山开采岩石的工作。当时的道路多为碎石路，为了平整凹凸不平的地面，要炸岩石铺路。

【山中找矿人】指进行山林买卖、寻找矿脉并鉴定的工作，但走眼的情况居多，后来指带有投机性的工作，有时也有骗子的意思。

【合作经营红楠柴工厂】红楠柴是指薅下红楠树的叶子，在工厂进行干燥后，用水车碾成粉，是上等线香的材料。

【剧团经理】全权处理剧团演出的一切事务。高木的工作是为村里的年轻女浪曲师、弹奏三味线的老人等借演出用的客厅。

【见习乞讨】乞丐师傅曾向高木传授乞讨的要领，例如服装要百年如一日，言语要含糊不清，别在意时间早晚。如果口齿清晰地表达谢意，对方会有种恩赐的感觉；而口齿含糊地表达，会给人仿佛在向神灵供奉祭品的感觉。还传授他如何翻找垃圾箱，如何判断房子的风水，怎样区分生活气息浓郁的家庭和优雅的家庭。据他说，上门乞讨，要注意区分威武庄严的人家和温柔亲近的人家，威武庄严的人家的人多数冷漠。

【街头卖唱】在博多街头走街串巷，疯疯癫癫地高声唱走调的军歌来收钱。

【情侣旅馆领班】当时就有男女结伴而入的旅馆，也就是今日的情人旅馆。

【出入证发放人】发放允许进出大门的出入证、许可证的工作，负责在出入证上盖上公司名和图章，标记进出时间。

高木于昭和三十八年来到东京，成为诗人。他以这些流浪经验为素材，发表了《人夫考》《带米自炊小旅馆遇雨天》《野垂死考》《放浪之歌》等众多优秀的随笔作品。他的职业经历反映了当时无法融入社会主流生活的人们的生存之道，从中可以看出昭和时代残酷的一面。

蓝染职人
（染匠）

蓝靛是染蓝色的原料，不易褪色，使用的范围最广。蓝染职人从蓼蓝中提取蓝靛进行发酵，给丝线和布匹进行染色，也称染匠。

蓝师栽培蓼蓝，将染色原料蓝靛送到蓝染职人处。蓝染职人也被称作染匠。他们将蓝靛放入蓝瓮中发酵，把色素溶入水中，再放入要染的丝线和布匹。染匠一般分两大类——专门染丝线的染匠和专门染图案的表染匠。甚至根据顾客的属性进行细分，有专门染妇女物品的“地细工染匠”，主要染商人布料的“仕入染匠”，专门染碎花图案的“型置染匠”，专门染五月节鲤鱼旗的“帜染匠”，专门染手帕的“手拭染匠”等。其中还有专门染纸张的职人，需要比染丝线和布匹更高的技术。关东地区将具有高超蓝染技术的人尊称为“瓮之上”。

染匠多数是从江户时代代代相传而来，蓝染要求在日照时间长、通风好的地方建工厂，如果有深达九十米的水井就更好了。

德岛县从江户时代开始就盛行蓝染，而在关东地区，蓝师的工作多由职人兼任。从德岛弄来蓼蓝的种子栽培，每年九月砍下蓼蓝，经过一周左右阴干，会现出浓浓的蓝色。接着裁成一小段一小段，在半个月内每日洒水使之发酵。最后将其放入石臼中，像捣年糕般进行捣制，形成直径二十五厘米左右的蓝靛。

将蓝靛放入碱性水中溶解制成染液，再将布匹放入装有染液的瓮中，十分钟后取出，让其接触空气。布匹先变成浓浓的绿色，然后逐渐变成深蓝色。这样反复数十次，直到染成喜欢的色度。染好的布匹取出来晾干，为了让颜色变得更鲜亮，会在上面涂抹豆浆。如想更鲜亮，还可以用醋酸液浸泡后再晾干。瓮深埋在地里，根据工厂规模，有七至二十个。蓝染的布匹有除臭、抑菌、防虫的效果。

曾繁盛一时的蓝染随着和服需求的减少、大型和服店的倒闭，也渐渐出现了减少的趋势。

职人从深埋在土中的蓝瓮里取出一把染了色的丝线用力拧。

信仰恋爱之神

蓝染职人信仰恋爱之神“爱染明王”。因为与蓝染发音相同，他也成了染色物品的守护神。职人每次工作时，都要念唱“南无爱染明王”。很多职人认为蓝靛是有生命的，这种信仰正是因对蓝靛的敬意而生。

参考文献:《通过照片看日本生活图引⑧：技艺》，须藤功著，弘文堂，1993 年。
《阿波蓝危机 栽培农家剧减 染料的生产量减半》,《德岛新闻》，2015 年 6 月 2 日。
《川崎市史别卷：民俗》，川崎市，1991 年。

铸工

将熔铁注入模子中，制作器物的铸造职人，也称作“铸物师”。二战后不久，他们开始制作锅、釜、犁头等日常用品，随着机械化的发展，逐渐也开始制作用于土木工程的铸件以及路灯、桥栏杆等。

铸件是将金属熔化，注入沙模里压制而成的制品。生产铸件的人们被称作“铸工”或“铸物师”。另外还有铸师、铸造师、铸造匠等称呼。

铸件制造过程有“造型”“熔解”“后处理”三个步骤。“造型”也称作“取型”，按照设计图用沙和黏土做铸模。再将铁切成一定的大小，与石灰石、焦炭一起投入熔炉，这称作“入型”。取出烧熔的铁注入铸模中，称作“熔解”。之后将变硬的铸件从模子中取出来，去除不要的部分，清理铸件表面，制成制品，这称作“后处理”。铸工的中心环节是造型，它决定了制品的好坏。

铸工以学徒形式学习技术。二战前一般十二岁左右开始当学徒，住进师傅家中，从杂役开始慢慢学习取型等技术，一直干到征兵检查为止。

在日本，生产铸件最有名的是埼玉县川口市，中世就出现了铸件制造。从流经城市附近的荒川、芝川中采集优质的沙子和黏土，非常方便制作铸模。还可以用船将大量的铸件运到江户，因此铸件工业非常发达。川口的铸工在幕末就从荷兰引进了化铁炉（有传动轴的熔铁炉），推进了近代化进程，生产农具、佛钟等佛具，还制作了成为国家重要文化遗产的女子学习院（现学习院女子大学）的大门，以及普通路灯等。二战后，东京举办的亚运会、奥运会的主火炬台就是川口铸件的代表作。

像锅、釜、铁壶、铁锅、澡盆等，普通家庭中处处都在使用铸件，但慢慢被铝制品替代。农具中的铁锹、锄头的制造也因机械化进程而减少。昭和四十八年的鼎盛期，铸件的生产量达四十万七千吨，而到了昭和五十年，因为不景气，订单急剧减少。有的工厂开始制造用于土木工程的铸件，因之生存下来。不仅仅是川口，许多铸件工厂在大规模工厂的产品的压力下不得不停业。也有的铸工转而开始生产长椅、路灯、桥栏杆、栅栏、车挡等，如今依旧在营业。

Data
【铸件工业行会的数量】埼玉县川口市626家(昭和35年)/142家(平成13年)
【从业人员数量】埼玉县川口市17068人(昭和35年)/1884人(平成12年)
【日薪】日工 3日元91钱(昭和元年，东京)/4日元(昭和16年，东京)

将熔铁注入铸模，室温高达40～45度。

描写铸件小镇的名作

以埼玉县川口市制造铸件的小镇为舞台的小说，有早船千代创作的《化铁炉林立的街》，描写在凋零的铸件工厂里上班的一家人的生活。后来改编成电影，由吉永小百合主演。

参考文献：《日本民俗文化大系第14卷：技术和民俗（下）都市·町·村的生活技术志》，森浩一等著，小学馆，1986年。

桶匠

桶字中的“甬”意味着圆筒状的容器。桶匠就是制作、修理和销售木桶的人。现在木桶被聚乙烯材质的桶、洗脸盆及不锈钢盆取代，桶匠也减少了。

除了木桶外，桶匠还制作和销售盆。两者同样是木制的，桶用来汲水、储存，盆用来洗涮。桶有水桶、腌菜用的桶、储藏味噌用的桶、搬运水的手桶等。另外，桶匠还制作澡盆。盆字是由“洗手”而衍生的[①]，既有初生婴儿洗澡、冲洗身子使用的大盆，也有洗手、女子洗发用的小盆。桶是将针叶树木板竖着排列，再用箍固定。箍多为竹制，后来替换成铁丝。

桶匠从十三岁开始学徒，一直干到十五岁，掌握使用锯子切割木板和使用刨子的方法。根据桶的外侧、内侧不同的削刨用途，有多达三十种刨子。尤为困难的是木板的组装。桶的制作不使用一枚钉子。有了钉子，即使有缝隙也不至于漏水，却无法顺利组装。组装桶需要高超的技术，才能让木板毫无缝隙地紧紧拼在一起，不漏一滴水。同时还要有使用刨子的高超技艺、指尖的敏锐感觉和精准的眼光。他们四处游走接活，直到独立出师，有时也会在订单多的村落里定居下来。桶匠又分做柜子、小澡盆的“小物师”和做大浴缸的“大物师”。

二战后，白铁皮、铝、耐酸铝等制作的容器陆续出现，与木桶展开竞争。木桶与这些大量生产的新材料制品相比，优势在于盛酱油、味噌等含盐分的东西时，木制品的成分不易渗入其中。酒也同样如此，金属离子渗入后会损坏风味。

进入昭和四十年代以后，木桶被聚乙烯制的桶、洗脸盆及不锈钢盆取代。它们的价格不到桶的一半，因此桶匠竞争不过，相继停业。但木纹的精美、杉木的芳香还是让很多人更喜欢使用木桶，寿司店至今仍在用木桶。

就如谚语说的“只要风吹过，桶匠就挣钱”（指某件事情的影响不断扩大，最后波及了出乎意料的地方），桶与人们的日常生活就是如此息息相关。

---

①在日语中，盆写作“盥”，与“洗手”的发音相似。

为什么只要风吹过，桶匠就挣钱？

风吹过，路上尘土飞扬。尘土飞扬，变成盲人的人增加了。盲人增加了，三味线就畅销（盲人主要依靠弹奏三味线谋生）。三味线畅销，猫咪数量就减少（三味线是用猫皮做的）。猫咪减少了，耗子就变多了。储藏食物的桶被咬破，里面的东西被吃了，人们会买新桶或进行修理，桶匠就挣钱了。

参考文献：《熊本的风土与心 11：熊本的名产》，平山谦二郎著，熊本日日新闻社，1974 年。
《东京的职人 新版》，福田国士文，大森干久摄影，淡交社，2002 年。

铁匠

锻打加热后的金属，制作刀具、工具、农具等器具的职人。有以农具为中心的田野锻冶、菜刀锻冶、剃刀锻冶、锯锻冶等。将铁制成产品的人称作小锻冶，制铁的人称作大锻冶。

锻冶的记载最早可见于《古事记》，当时有从百济渡来的技术人员。律令时代称作锻户，铁砂丰富的中国山地一带占据地利，畿内、山阳、山阴等有许多锻户，多制作铁锹等。武士得势后，出现了刀锻冶。到了近世，有了铁炮锻冶，后来又细分出菜刀锻冶等。

要成为铁匠，得从十二岁开始跟随师傅学艺，最初的一两年只是做饭、打水、敲碎炭块和拉风箱。十五岁以后开始打铁，师傅用火钳将加热的金属夹出搁在铁砧上，学徒用铁锤锻打。为了在锻打时不受伤，需要有相当高的技术。

到了近代，还有许多职人像行商小贩那样，周游各地进行田野锻冶。川崎市的松泽竹治是专门制作农具的田野锻冶职人，出生于大正十二年，小学四年级就在父亲身边帮忙。他不仅做铁匠，还销售铁器等产品，制作三叉锄头、红薯铲、镰刀、砍刀、平锹、火钳等。平成三年，松泽成为川崎市唯一的铁匠。

昭和二十年代之前，不管哪个村落都有铁匠，进行田野锻冶，制作马蹄铁掌，修理农具等。刀尖缺了，铁匠就拉风箱用火烧红，再用小锤敲打回原状。根据土地的硬度、降雨量、是山地还是平地，所用农具的刃口硬度也不尽相同，要制作适合顾客劳作条件的农具。但随着农业的衰退和机械化的发展，田野锻冶的工作减少了，铁匠也变少了。

锯锻冶需要由手艺高超的铁匠来担任。另外，要成为刀锻冶工匠，必须在拥有刀匠资格的刀工手下完成四年的修业。现在，他们只是作为传统工艺家，制作工艺品刀剑。

Data
【刀铁匠】约 250 人（昭和 60 年代）
【锹铁匠】日工每天的收入 为 3 日元 80 钱（昭和元年），5 日元 54 钱（昭和 16 年，东京）
【田野铁匠】广岛县安艺太田町昭和初年有 15 间铁匠铺，现在只余 1 人

参考文献:《川崎市史别卷:民俗》，川崎市，1991 年。
《日本民俗文化大系第 14 卷:技术和民俗（下）都市·町·村的生活技术志》，森浩一等著，小学馆，1986 年。
《昭和的工作》，泽宫优著，弦书房，2010 年。

抄纸职人

制作拉门和纸等的抄纸工。这是从江户时代传承下来的一项传统职业，和式房屋广泛使用拉门，所以手工抄制和纸的职人很多。现在和纸的使用减少，很多抄纸职人也停业了。

纸早在古代就从中国传入日本。奈良时代日本有二十多个地方生产和纸。手工抄制和纸，一个条件是要有干净的水。另外，构树也是制作和纸不可缺少的原材料。和纸产地各有特色，其中熊本县八代市的手工抄制和纸称作宫地和纸，韧劲强，白得通透澄明，主要用来做卫生纸和拉门纸。

抄纸职人多数是子承父业。还上着中学，早晨六点就去买炭，然后点上火烧开水，从学校回来后还要切纸。毕业后慢慢开始做抄纸工作。

抄纸职人通过中介购买一年份的构树树皮（称作黑皮）。从加工原料到抄纸需要五天，抄纸一天，干燥一天，整个过程大约需要一周。

把树皮用大釜煮上几个小时，再花半天在水中漂洗，加入粉浆，这样纸张就容易凝固。抄纸要反复进行，直到纸张的厚度达到预期，再滤去水分，接着干燥。整个作业顺序就是这样。在铁板上干燥纸张，夏天时简直像地狱般酷热。干燥后检查有无伤痕，再按照用途用刀切成适当大小。

职人都想做出完美的纸张，但有时会从中间商那里听到严厉的批评。其实中间商是借此低价买入纸张，转手高价卖出。抄纸职人对买卖的过程不甚清楚，因此有时价格会被压得很低。

和纸最鼎盛的时期，一天可以做两百至六百张拉门和纸。昭和三十年代以后，越来越多的抄纸职人停业，因为和式建筑减少，拉门使用变少，纱窗增多了。卫生纸用量很大的游郭，因昭和三十三年卖春禁止令的颁布也停业了，很多抄纸从业人员都受到影响。从那时开始，抄纸职人就慢慢减少了。

现在，随着民艺品风潮的兴起，和纸再次引起了人们的注意，但光凭这些难以维持生计，所以很多人也兼营农业。

Data
【抄纸工厂数量】
熊本县八代市：约 30 家（昭和 33 年）/1 家（平成 21 年）
富山县八尾町：约 1000 家（明治初期）/1 家（平成 23 年）

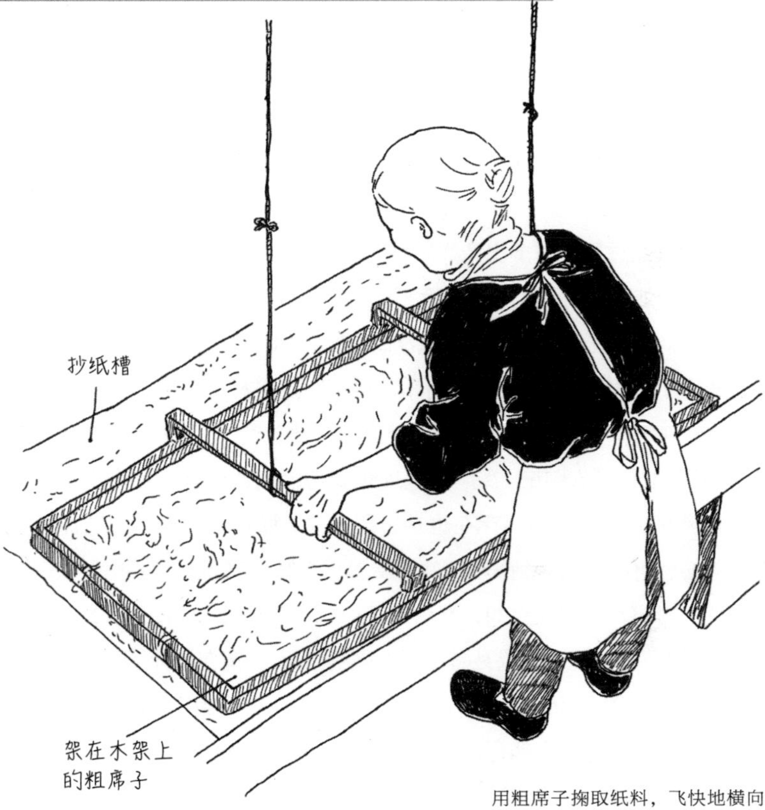

用粗席子掬取纸料，飞快地横向、纵向地移动木架，使纤维紧密缠绕，纸的厚度均一。

著名的和纸

著名的和纸有越前和纸（福井县越前市）、小原和纸（爱知县丰田市）、吉野和纸（奈良县吉野町）、美浓和纸（岐阜县美浓市）、土佐和纸（高知县土佐市）、小川和纸（埼玉县小川町）。

参考文献：《昭和的工作》，泽宫优著，弦书房，2010 年。

瓦匠

烧制屋瓦并进行铺设的职人。烧土制瓦的人称作瓦匠，铺屋顶的人称作铺瓦师。原本所有的工作都由瓦匠完成。他们糅合黏土，制型，在窑中烧制，制作出鬼瓦、平瓦等。

砖瓦屋顶在古代的寺院建筑中就已经出现，明治时期才在民间普及，那时瓦匠也慢慢增多了。

附近有河流经过的地方多出产优质黏土，瓦厂常常建在这些地方。二战前到昭和四十年代，随处可见有烟囱小屋的瓦厂，浓烟不断从烟囱中冒出。瓦匠在厂里制作平瓦、圆瓦、兽头瓦等。专门生产鬼瓦的瓦匠也称作鬼匠。

日本著名的瓦片有名古屋的三州瓦、兵库的淡路瓦、岛根的石州瓦，被称作日本三大瓦。另外，还有与这三大瓦齐名的城岛瓦，它的产地是九州最大河流筑后川下游的福冈县久留米市。瓦厂的选址也要考虑交通便利。生产出来的瓦用船运送到各地销售，所以有港口存在也是必要条件。城岛有河流港口若津港，从那里渡过有明海，可以把瓦运到长崎、大阪。瓦厂多数是家族经营。

瓦匠用土窑将瓦烧得红红的，然后用水冷却。那时候需要使用大量的水，因此河流是烧瓦必不可少的条件。鬼瓦是在瓦上烧制鬼面，多铺在神社、寺庙的屋脊两侧，表示除魔之意。屋顶上大部分是平瓦，铺一幢房子的屋顶要用大量的平瓦。

瓦匠不仅要制作屋顶上的瓦，还要根据各种各样的用途烧瓦，比如制作围墙瓦、地砖瓦等。围墙瓦铺在围墙顶部，地砖瓦铺在人行道下面，都是景观材料的一部分。另外因为产地不同，气候、黏土的质量也不一样，瓦的烧制和铺设方法也各不相同。家族经营的瓦厂会在平瓦的内侧打上“××制”和自己的名号。

现在，随着和式建筑减少，大型住宅公司负责屋顶铺设，个体经营的瓦厂日益减少。五十多年前还有一百家瓦厂的城岛瓦，如今只剩下五六家。即便如此，瓦匠依然会烧制文化遗产建筑用的瓦以及地砖瓦，将独特的技术传承下去。

Data

【城岛瓦厂数量】约 100 家（昭和 30 年代后半期）/5 ~ 6 家（平成 20 年前后）

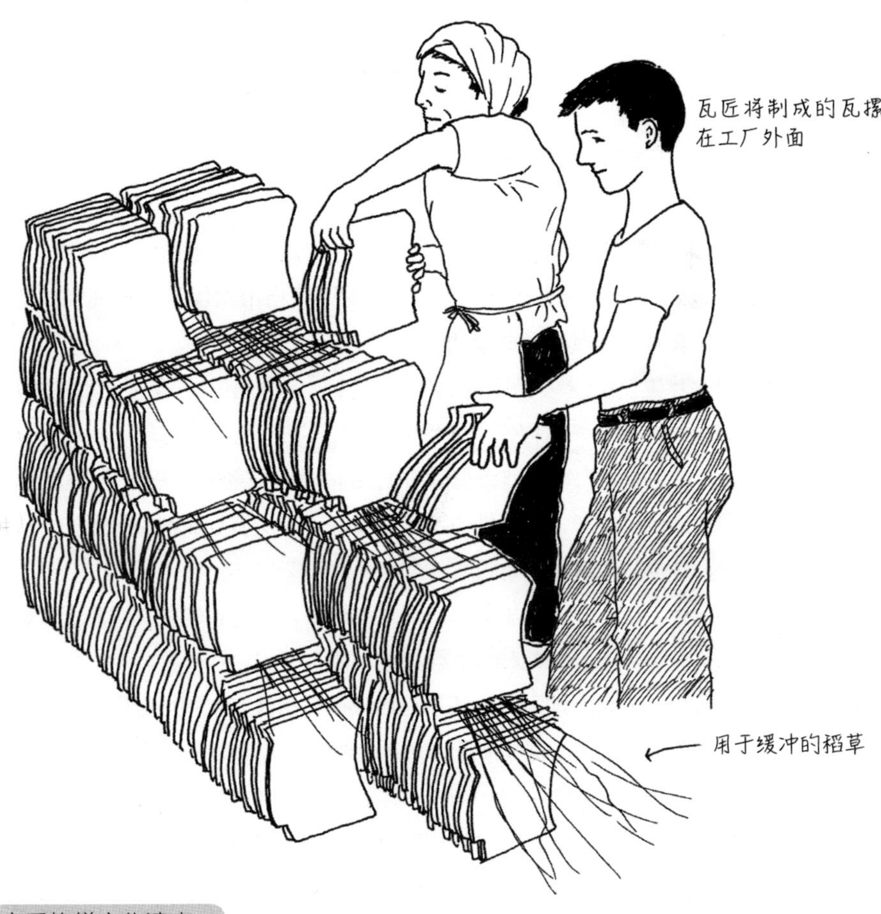

亲手修缮文化遗产

瓦匠不仅仅负责铺设民居的屋顶，还要照管传统建筑。以城岛瓦为例，长崎的平户城、哥拉巴公园的屋顶、岛原车站等都用了城岛瓦。瓦匠坐船经过筑后川来到长崎，现在依然活跃在那里。

参考文献:《传统的职人们》，北川裕子文，山本典义摄影，春夏秋冬丛书，2008 年。

木胎师

砍伐山中树木，用辘轳制作木碗、盆、勺等木胎的职人。他们是漂泊在山间的民间手艺人，近世和近代的时候都有人定居，也称作辘轳师。

木胎师拥有记录木胎制作方法由来的《木地屋文书》，以团体形式（约四户为一组）在长有优良树木的山中探寻（称作山见），通常由外来手艺人从事。

他们在山谷间搭建木胎小屋，砍伐树木，使用辘轳制作木碗、盆、勺、小木偶等木制品。他们的传承规定七合[①]以上的树木可以自由砍伐。这与现代法律并不吻合，有保护森林不任其毁坏的意思。

他们砍伐七叶树、山毛榉、橡胶树、色木槭等树木，再用手斧、锯子等截成小段，比如可做一个木碗的大小，这称作“取粗型”。之后在木胎上凿出外形，用手斧削砍内侧，进行“内侧整理”，然后转动辘轳用长刨子削，这称作“粗拉形”。经过干燥等工序后再次进行粗拉形，木制品的木胎就做好了。所有制品都是圆形的。体力活由男人承担，妻子在旁辅助。他们通过卖木制品来谋生。

到了明治时代，定居在山村里的木胎师逐渐增多，他们也烧杂草，开田，进行农耕生产。还有木胎师成了烧炭人或漆器师傅。

新潟县丝鱼川市的大所地区，从江户时代末期开始就有木胎师定居，一直到昭和十年代，他们从事木胎和漆器的制造，后因为战争停业。群马县多野郡上野村也有江户时代定居下来的木胎师，他们制作木钵、勺子等木工制品。许多木制品后来被塑料制品等取代。

到了昭和年间仍可见到漂泊的木胎师团体。东北地区的小木偶作为当地的特产，不断地翻陈出新。

---

① 此处指山路的高度单位，按照山路的险阻程度从山脚到山顶，全程分十合。半山腰处为五合。

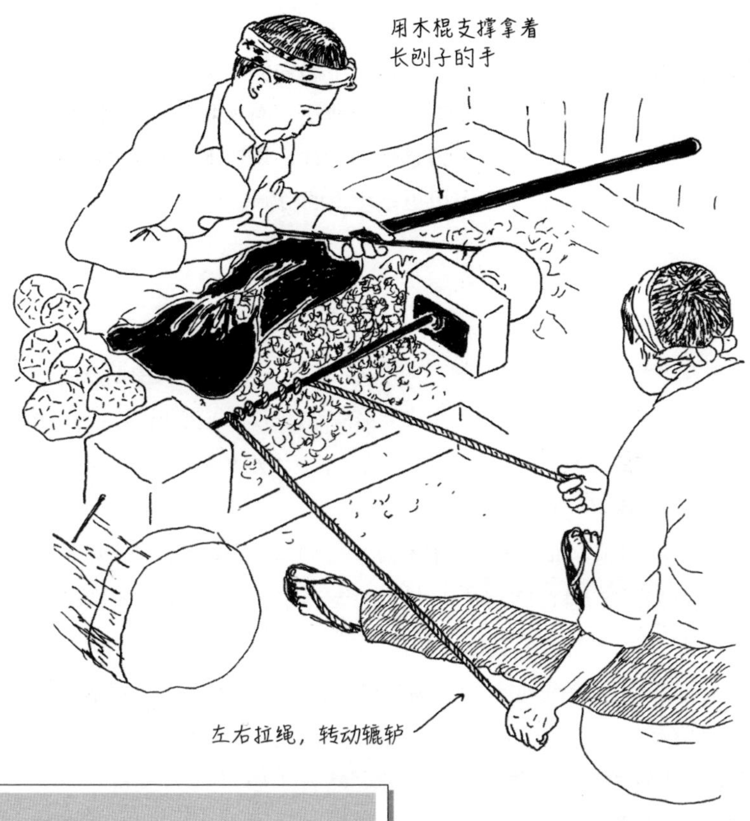

刨削木碗的木胎外侧的过程。在转轴上缠上绳，拉动辘轳的拉绳者和用刨子削木胎外侧的人默契地配合。

Data

【从业人数】全日本约为 1000 人（昭和 20 年代），长野县木曾郡南木曾町漆畑有 50 人（昭和 20 年代）、50 人（昭和 40 年代）

起源于平安时代

平安时代前期，隐居在近江国的惟乔亲王发明了用辘轳制作木胎的技法，并传授给家臣小椋实秀和大藏惟仲，这是木胎制作的起源。长野县南木曾町漆畑地区被称作“木胎师之乡”，那里有许多姓小椋和大藏的木胎师后裔，至今仍在制作木碗、盆、花器、茶器等传统工艺品。

参考文献:《日本民众史 2：山里的人们》，宫本常一著，未来社，1964 年。
《新湖国经济 木胎制作（东近江市永源寺地域）》，《京都新闻》，2011 年 10 月 23 日。
《图说民俗探访事典》，大岛晓雄等编，山川出版社，1983 年。

在炭窑中烧炭的工人。他们一般集体从事烧炭工作，师傅买下有木料的山，让烧手烧炭。木炭曾是烧制铸件、炼铁时不可缺少的材料，在城市里更是珍贵的资源。

烧炭人除了卖木炭，还兼营矿山和锻冶的工作。明治时代中期以后，随着城市的发展，被炉、暖炉、燃料用的木炭成为必需品，日本的山间出现了专业的烧炭人。随着道路交通网的修整，木炭也卖到了城市里。木炭和薪柴相比，有燃烧更稳定，更耐用，可以利用空气调节温度等优点。

烧炭首先要在山谷间建炭窑，砍伐木料。搬运到炭窑后，把大小长短不一的木料切平（备料），接着打磨表面，按适当的大小弄整齐，然后放进窑里烧制。将木柴纵向排列在炉口焚烧一周左右，为了让它只产生烟气但不至于熄灭，得适当地通入空气。这需要相当高超的技术，必须要有十年左右的经验。烧制期间，人称“烧手”的烧炭人住在小屋里昼夜照管火势，根据烟的颜色判断烧制的状况，当白烟变成青烟时熄火，从窑中取出炭，切开进行筛选，然后再进行包装和发货。

烧炭人一般是集体作业，多数是师傅买下有木料的山，让烧手在炭窑中烧炭。烧手不是在当地的山里烧炭，而是三五人结队离开老家，寻找师傅签合约。烧炭时，按一草袋多少钱收取费用。他们就是所谓的漂泊的烧炭人，辗转于宫崎、熊本、对马等地，终生都很难回到故乡。

昭和九年，东北地区歉收，政府的救济措施之一便是让农民自行烧炭。从那时开始，农闲时兼营烧炭的人增多了。木炭分黑炭和白炭两种，黑炭便宜，容易点火但不耐用。白炭价高，难点火，但耐用。备长炭是最典型的白炭。朝鲜半岛对炭的需求量很大，不过随着二战的结束，他们也失去了工作。

二战后，随着能源革命的兴起，石油、电气等普及到了一般家庭，很难再看到烧炭人了。从烧炭这种职业中可以一窥早年山里贫穷生活的景象。

把炭窑中经一周左右
烧好的炭取出。

Data
【木炭产量（含自家消费部分）】1113810 吨（明治 42 年）
2195531 吨（昭和 10 年）/1145627 吨（昭和 20 年）
＊数据来源于《农商务省统计表》《农林省统计表》

烧炭技术的传播

拥有特殊技能的人游走在各个山谷间，向村落的人们传授烧炭技术。西日本有传说称，是空海传授了烧炭技术。

参考文献:《日本民众史 6: 生计的历史》，宫本常一著，未来社，1993 年。
《日本民众史 2: 山里的人们》，宫本常一著，未来社，1964 年。

灯笼铺

在灯笼上描绘花纹和文字的工作。以前粘贴纸张是制袋铺的活儿，后来全由灯笼铺来做。他们负责搭型、糊纸、描字纹、安装金属零件。现在灯笼成了殡葬和祭祀时的装饰品，但在昭和时代，灯笼是夜间照明工具，是人们的生活必需品之一。

在日本，灯笼（也称作提灯）是从室町时代开始使用的，最初是作为佛事用具从中国传入日本。安土桃山时代到江户时代初期，因为祭礼及战场上需要大量使用灯笼，人们开始了技术革新，出现了利于携带的简易灯笼。

江户时代中期以后，随着蜡烛实现量产，灯笼不仅是上层人士在使用，也进入了普通人的生活。盂兰盆节供奉时使用灯笼的习俗，就是在那个时候普及开来的。灯笼本是照明工具。江户时代，柄上挂个灯笼，晃悠悠提着的“手提灯笼”也流行起来，起到了现在的手电筒的作用。

灯笼的制作分搭型（把编成环形的口与底用细竹签纵向穿起来）、围竹签（再用竹签把纵向的竹签围起来）、系绳、糊纸、描字纹、刷油（为防水在纸上刷油）、干燥、安装金属零件等几个步骤。

在灯笼上描绘家徽非常困难，因为家徽形状多样，准确描绘出来需要练上十年时间。它与书法不一样，有独特的字体，需要专门记住灯笼上的用字。墨也是特制的，在蒜臼中放入碎炭渣或者用锤子敲碎的炭块，加水用勺子搅拌，就使用这样的墨水。盂兰盆舞会上，高台上吊着细长的椭圆形灯笼，上面写着供献的神社名和人名，因为字数多，描字纹非常辛苦。

灯笼的种类有御用灯笼那样的桶形、圆圆的丸子形、细长的椭圆形等。神社、寺庙委托制作的是细长形的大灯笼，上面绘着牡丹花、唐狮子、龙等图案。灯笼的用途也各种各样，已故之人的第一个盂兰盆节要制作带法号的灯笼。也有结婚时祝贺用的灯笼。不过，手提灯笼的需求量是最大的，但随着手电筒的普及，做灯笼的人也少了。现在只有那些为庆典和祭祀活动服务的灯笼铺还在继续营业。

描绘文字和花纹的灯笼铺。用毛笔慎重地将文字、家徽等描绘上去。要写大大的字时，在里侧放纸样，照着描边。

参考文献:《通过照片看日本生活图引⑧: 技艺》，须藤功著，弘文堂，1993 年。
《川崎市史别卷: 民俗》，川崎市，1991 年。
《灯笼的历史与文化》，伏谷商店主页，2015 年 2 月 9 日。

钉掌人

在马和牛的蹄子上钉铁掌加固的职人，也称钉掌师、钉掌工、钉掌所。尤其是农耕用的马，马蹄的损伤很严重，做这一行的钉掌人很常见。

二战前，马在人们的生活中必不可缺。有用于农耕的马、用于拉车的马，还有用于货物搬运的马，以及战场上的军马等，用途非常广泛。如果任意驱使，马蹄就会受伤。将U字形的马掌钉在马蹄上可以防止损伤。明治时代初期，为了给军马钉马掌，陆军在法国、德国接受相关技术的培训。在陆军的主导下，马掌开始推广开来，并采用许可证制度。甲午战争和日俄战争时，钉掌人有优先征召入伍、许诺晋升等优待。

到了大正时代，马掌普及到了山村地区。即便钉了掌，用于农耕的马的马掌一个月也会损耗六至九毫米，因此要定期替换。

钉掌人的工作分“造铁”和“钉掌”两类。“造铁”是把马掌放在铁砧上，用锤子敲打，使得形状大小适合马蹄。马蹄的内侧集中着神经，钉掌人要充分熟悉马的体格和骨骼，才能制作马掌。把柔软的铁棒用火加热后，用铁锤敲打成U字形。上钉用的沟槽也刻出来，修整形状，马掌便做好了。前掌和后掌形状是不一样的，前掌U字形，后掌近似三角形。钉会上六到八根。

“钉掌”是指给马安上马掌的工序。把马绑在柱子上，蹄子朝上烧烫马蹄，钉钉子，再安马掌，整个过程要花一个小时左右，马会反抗，因此这项工作并不简单。不过在有名的钉掌人面前，马会乖乖地抬起蹄子，顺从地让他钉掌。就算是烈马，只要经验丰富的钉掌人集中精神与它对视，也会变得服服帖帖。

现在多用拖拉机耕地，马和牛不再用于农业。交通工具也变成了汽车，马车随之消失。昭和三十年以后，钉掌人也减少了，不过为赛马制作马掌的人还有许多，多数是家族经营，带着一两个弟子进行工作。

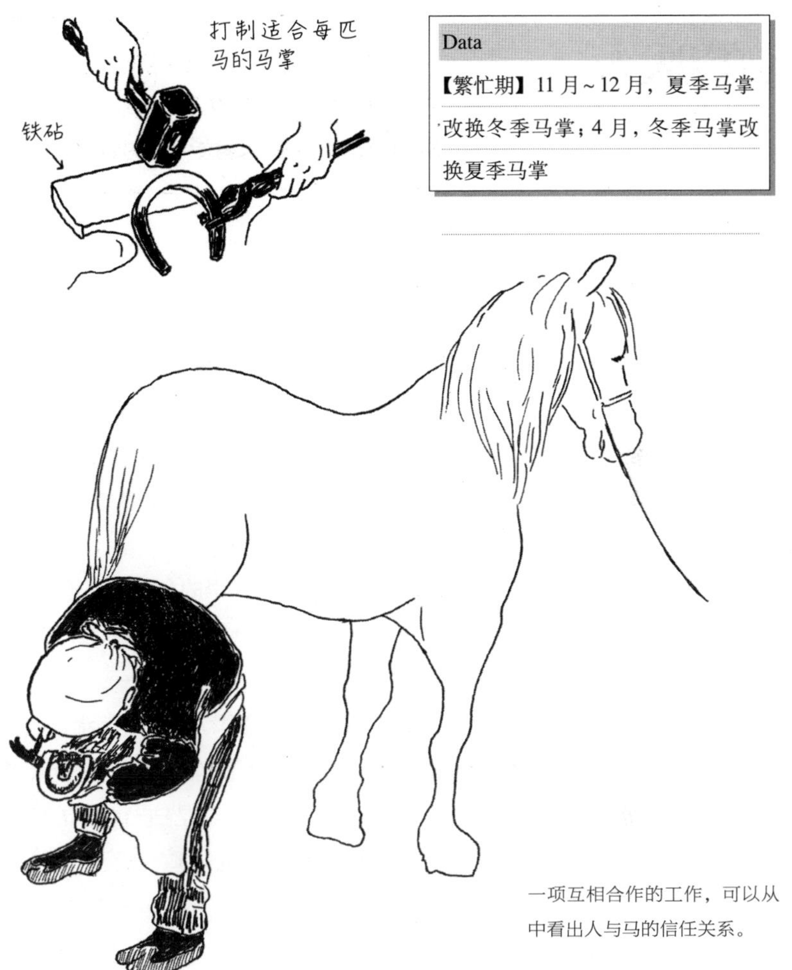

一项互相合作的工作，可以从中看出人与马的信任关系。

Data
【繁忙期】11 月 ~ 12 月，夏季马掌改换冬季马掌；4 月，冬季马掌改换夏季马掌

北海道的马掌

积雪众多的北海道，马掌分夏季用（普通马掌）和冬季用（冰上马掌）两种，冬季用马掌为了适应雪地行走，带两个防滑用的钩子。还有一种变形马掌，是在预防疾病和纠正脚型时使用的。

参考文献：《马掌》，丹波辉一，收录于《北海道传统的生产技术（北海道开拓纪念馆研究报告第 5 号）》，北海道开拓纪念馆，1980 年。

《日本民俗文化大系第 14 卷：技术和民俗（下）都市·町·村的生活技术志》，森浩一等著，小学馆，1986 年。

制袋职人

制作布袋子（钱包、夹子、手提包、手提口袋、香袋、烟盒等）的人。在江户时代以前是指制作和式袋子的人。

袋子最初是武具的一部分，在江户时代初期，制袋职人（当时称作囊物师）作为专门职业诞生了。和这个职业一起诞生的，还有布袋批发店，也称作布袋屋。最初多面向男客户，慢慢地也开始大量制作纸巾袋、化妆袋等面向女客户的袋子。制袋职人最初是男性的工作，不过从明治到大正时代，开始设立以女性为对象的制袋培训机构。

女用的袋子中最有代表性的是纸巾袋，女性放入怀里的盒状的夹子，有的上面有鲜花图案的刺绣，有的附带簪子，非常豪华。制作纸巾袋的时候，纸样和使用的纸张数量非常关键，有的精致的纸巾袋会使用十六张纸样。

男用的袋子中最为人熟知的是烟盒。东京的制袋职人曾为士兵制作十五万个烟盒。当时东京有十五家制作烟盒的店铺，平均每家制作一万个。另外，制袋职人缝制的带子不管经过多少年，里面的芯也不会松弛，这是独一无二的特点。

钱包、褡裢小袋（用绳子勒住口的装小零碎的袋子）、夹子、腰包（装药、印章等物的挂在腰间的长方形袋子）、护身符袋等，都是自古以来就有的袋子。现在又加上了皮包、旅行包、西式手提包、背包、化妆包，并成为主流。

制袋的流程一般有裁断、制版、缝制几个步骤。制版是用器械将皮革的内侧打薄，调整皮革厚度。制袋职人要花上一年时间学习，一开始学习如何从别扣穿绳。

随着生活方式的西化，制袋职人逐渐减少，东京市台东区的制袋职人藤井直行至今还在制作从江户时代流传下来的袋子，如荷包、褡裢小袋、烟盒等，种类繁多，他还作为台东区的优秀手艺人受到了表彰。

袋子制作也分工

制袋分布制和皮制两类。布制的由装束师负责，皮制的由武具师负责。制品增加后，分工更细化，出现了制作印盒的印盒师，制作挂在腰上的荷包的荷包师（也称作下垂师）。

参考文献:《制袋职人——二十七步骤》，濑户内晴美，载《银座百点》1966 年 3 月号。
《明治时期的女性技艺修业——参考已故山口鹤氏的遗物 袋子标本及其纸样》，横川公子，收录于《武库川女子论文集　人文 · 社会科学篇》第 57 号，2009 年。

排字工

活字印刷的一个环节，按照原稿从活字架上一个一个取下铅制的活字，收入排字盒。熟练的工人可以飞快地找到活字。

活字印刷中，排字工的工作主要分为两类。印刷书、杂志、报纸时，必须使用数量庞大的活字，首先要从放在大型架子上的活字中选出印刷所需的活字，这个过程称为“文选”。因为是在挑选活字，也称作拾字。接下来将选出来的活字按照原稿上的顺序排列，进行组版组成长方形活字盘，称为“植字”。尤其是“文选”，必须从大型架子上的数千个活字中快速地找出所需的活字，因此需要高度的训练与熟练的技能。

排字工左手拿着排字盒和原稿，从占据一整面墙的架子上寻找铝合金制的镜像文字（文字反过来的活字）。他们从读镜像文字开始学习，甚至要记住很难的汉字，还要记住正体字和简化字。架子上按部首笔画排序，使用频率高的活字放在排字工容易看到的正面。架子上没有的活字就从预留处补充。捡拾出来的活字放进木制的小小排字盒（也称作拣字盒）。活字的大小以五号活字（十点五磅）为主，根据原稿要求各不相同。排字工要花三年时间才可以独当一面，每小时可以找出一千两百个字。熟练的排字工手很快，会按照一定的节奏将活字捡拾出来。

有的排字工会将装有活字的盒子带回家，把活字粘在家中柱子上，进行找字的训练。捡拾活字的速度与学历没有关系，也有小学毕业的排字工。印刷新闻报道的话，一行十五字、共三十行的报道，需找出四百五十个字，是一项非常辛苦的工作。

排字工是依靠熟练技艺的工作，但随着排铸机的出现，以及照排技术、桌面排版系统的普及，这个行业慢慢衰退了。

Data

【日薪】3 日元 20 钱（昭和 10 年）

＊据东京市统计调查

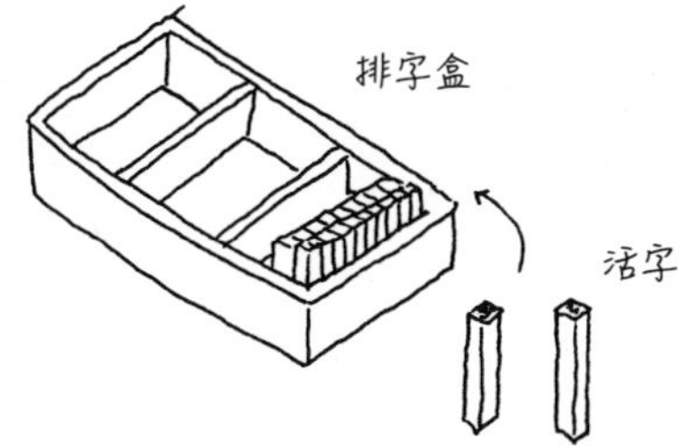

作家的怪癖字体也要看懂

一流的排字工如果可以看懂著名作家难认的怪癖字体，就会成为那位作家专属的排字工。

参考文献:《努力生活　面临灭绝危机的职业　指尖什么都知道　东京新宿区　永尾制版》,《Sunday 每日》, 2001 年 4 月 29 日。

《印刷工的现场》, 载《言语生活》1957 年 6 月号。

《昭和的工作》, 泽宫优著，弦书房，2010 年。

农具制作人

制作锹、杵、砍刀、镰刀、扁担等工具的柄或棍的工作。尤其是农耕用具的柄，如果不够结实，就无法承受高强度的作业，因此制作起来很困难，要委托专门的农具制作人来做。

农具制作人制作锹、锄、杵、砍刀、镰刀、扁担等工具的柄或棍，他们不仅制作农具，排子车、驮马背上安放的马鞍等都属于他们的工作，范围非常广。以前的农村必须有农具铺和铁匠铺，对农民而言必不可缺。

农具铺也称作锹柄铺，农具的柄由农具铺来做，铁的部分由铁匠铺来做。

昭和初期，农具都由农民自己制作和修理。但是柄和棍的部分，外行人做的话很快就会折断。而且农民在家里加工橡木等坚硬的木料也很困难，因此就委托给了专门的农具制作人。

农具制作人会详细询问客户的身高、体格、耕种的田地土质、农具的用途等，然后制作适合对方使用的柄。材料多选用橡木，干燥一两年再用来做农具。农具制作人尤其煞费苦心的是农具的握手。每个人手的大小不一样，只要能握紧，农具用起来就顺手。因此他们先从握手的部分开始，用手斧将尖角去掉，并用圆刨巧妙地刨出圆弧形，制作出客人喜欢的柄。刨削下来的木头就当柴火用。

农具制作人从十四五岁开始跟随师傅学艺，辗转各地磨炼技艺。只要有过硬的手艺，就能获得客户的信赖，订单就会源源而来。

但是，到了昭和三十年代，单纯依靠制作农具已经无法生活下去了，于是他们把重心转移到了消防工具上，有很多农具铺改名为木工所，也有很多铁匠铺改名为铁工所。另外，有的农具铺专门制作大板车，又称作车铺。在有些地方，车铺也称作农具铺。

随着农具现代化的发展，工厂大规模生产的兴起，农具制作人的工作领域也发生了变化，不断摸索着生存下去的道路。

Data

【农具铺的数量】农具铺 3 家 / 铁匠铺 3 家

（昭和 50 ~ 60 年代，埼玉县幸手町）

信仰圣德太子

农具制作人信仰圣德太子，正月过后开始工作，也称作开锛。他们将做好的成品供奉给圣德太子，祈祷安全与健康。另外还举行太子会，加强同行之间的联系。

参考文献:《通过照片看日本生活图引⑧：技艺》，须藤功著，弘文堂，1993 年。
《日本民俗文化大系第 14 卷:技术和民俗（下）都市·町·村的生活技术志》，森浩一等著，小学馆，1986 年。

和伞职人

昭和三十年代以前，和伞是主流。除“蛇眼伞”“红叶伞”“大黑屋”等雨伞以外，还有遮阳用的“绘日伞”。所有的伞都是以分工合作形式手工制作的产品，是一种职人的技艺。

伞进入平民的生活是在江户时代，蛇眼伞、伞骨很粗的大黑屋伞、伞骨细细的细伞都很流行。蛇眼伞中央部分的图案很像蛇眼，由此得名。还有野外举办茶会时用的野点伞，女人和儿童用来遮阳的绘有花纹图案的绘日伞，这些伞统称为“和伞”。

和伞有做伞骨、伞轴、糊伞面等一百多道手工工序，由职人们分工合作。做一把伞，要制作成为雨伞骨架的伞骨，还要制作手把、安伞骨、糊伞面、涂油，完工后放在阳光下晾干。伞骨是用苦竹做的，手把是用中国竹或苦竹做的。伞轴用来固定伞骨。其中糊伞面是将和纸贴在大伞骨上，这道工序非常关键，需要高超的技术。以油纸伞（男性用伞）为例，伞骨通常有四十八根，跳日本舞用的舞伞有三十六根。伞骨是伞的命根子，在上面张贴和纸，多用美浓的森下纸。把竹筒搁在地上，伞的手把插在里面，一边转动一边糊伞面。左手转伞，右手拿着板刷涂糨糊。糨糊是由木薯淀粉加入柿油搅拌而成。伞面张贴完后，在纸上涂桐油、亚麻籽油来防水。伞面上完后，在伞骨的顶部涂糨糊，粘上顶纸（在伞的最高处贴的和纸）。

做好的伞，可在结婚典礼上作为纪念品赠送给来宾，也可在孩子上小学时写上名字送给他。

伞的产地除了岐阜，福冈、山形、岩手、石川等地都有。这几个地区盛产和纸，所以具备制作和伞的条件。

昭和二十年代前半期，和伞迎来了鼎盛时期，但之后随着洋伞的出现，和伞的生产不断减少。有些地区，和伞职人已经销声匿迹。近年来和伞作为传统工艺品重新回到了公众的视野，人们举行一些制伞的活动。职人们也开始制作送礼用的和伞，但材料几乎都是从岐阜运过来的。

Data
【和伞职人数量】500 人（昭和 20 年代）/1 人（昭和 50 年代）
【制作数量】 一年 100 万把（昭和 20 年代）
＊均为福冈县城岛町（现久留米市）的数据

武士的副业

江户时代，糊伞是武士的副业。岐阜是当时和伞的主要产地，当地的加纳伞通过水运经桑名运到江户，年生产量约为五十万把。

参考文献:《日本民俗文化大系第 14 卷: 技术和民俗（下）都市 · 町 · 村的生活技术志》，森浩一等著，小学馆，1986 年。
《和伞》，见久留米市观光主页。

冰棍屋

冰棍是大正时代出现在日本的冰制品，与冰激凌不一样。二战后，小贩在自行车后座装上木箱（冰棍箱）进行叫卖，深受孩子们的喜爱。

冰棍是冰制品的一种，二十世纪初首次出现在美国，出现在日本是进入大正时代之后，炎热地区的人们非常喜欢。在果汁等材料里加入砂糖、人工甜味料等，再经过冷冻制成棒状，并在中间插入小木棍，最初是用木筷子。二战结束后，小贩骑着自行车来到孩子们聚集的地方，立起写有“冰棍”的小旗子开始叫卖。冰棍的制作销售要符合食品卫生法，因此小贩必须取得国家的许可。

小贩的自行车后座上安着木箱（冰棍箱），打开盖子，底座上棋盘状的框框里插着一支支带小棒的冰棍，拔一下小棒就可以取出来。有草莓味、香瓜味、酸柠味、红小豆味、汽水味、牛奶味等，种类繁多，也有开店销售的，不过多数是在空地、棒球场、海边浴场、电影院等人群聚集的地方叫卖。在那个甜品和娱乐项目都很少的年代，冰棍也算是夏季的一道风景线。午后一点到三点间，经常可以看到“冰棍屋”骑着自行车过来，敲敲黄铜制的金色铃铛或吹几下笛子作为暗号，孩子们就停下游戏，捏着零花钱跑过去。也有的孩子买不起冰棍，小贩就制作双棒的冰棍，一支冰棍插两根小棒，吃的时候可以将冰棍一分为二。制作时使用了劣质的色素、香料，用的水也含杂菌，因此有时吃多了会闹肚子。

冰棍最流行的时候是昭和二十年代的前半期。冰棍箱最初是用制作步枪枪托的核桃木做的。为防止冰棍融化，会在箱底铺上冰和盐。卖冰棍的小贩多是戴草帽的中年男女，这是项季节性工作，收入也不高，专职干这一行的不多。

昭和三十年代后半期，市面上出现了甜点和冰激凌，甜品店里出售的冰棍也慢慢变少了。

Data
【价格】1钱一根（昭和7年）/5日元一根（战后初期）

日本早期的小豆冰棍

小豆冰棍的制作灵感源自刨冰。三重县伊势市的点心铺自制的“豆沙冰棍”，从昭和24年起一直售卖至今，最大的特色是冰棒棍斜插在豆沙冰棍上。

参考文献:《昭和食道乐》，矢野诚一著，白水社，1948年。
《昭和：二万日的全记录 第8卷 占领下的民主》，讲谈社，1989年。
《粗食礼赞：我的“战后”餐桌日记》，窪岛诚一郎著，美术新闻社，2012年。

赤本出版社

所谓赤本，是从江户时代到战后，在东京、大阪两地销售，封面覆以大面积红色的儿童绘本。后来面向成人的娱乐书籍也冠以此名。

赤本的源头可以上溯到江户时代。作为面向大众读者的通俗读物“草双纸”的一类，面向儿童的被称为赤本，因封面以孩子们喜欢的红色为主色调而得名。在明治时代，东京浅草的藏前地区、大阪的道顿堀聚集了很多家出版赤本的公司。它们通常通过一些不遵守出版规则的代销店来打开销路，然后在地摊、粗点心店等处贩卖。

进入昭和时代，新鲜出炉的赤本漫画也随之登场。战后，一些劣质杂志为了将积压在手里的书低价抛售，印制“特价本”等方式应运而生。在出版界一片混乱的形势下，“赤本”首先在少年漫画领域打开了销路。最初，大多数作品都是以冒险、探险为题材，手冢治虫的《新宝岛》以数十万册的销量成为超级畅销书，同时也令赤本漫画成为时代的宠儿。职业摔跤选手力道山、当红歌手等作为当时流行的创作题材，经常被漫画家采用。随着作品刺激性逐步增强，怪盗和海盗也变成了热门题材。

赤本使用的是和劣质杂志一样低劣的仙花纸。底页上不印出版社的地址，即便印了也不是真实地址。这些所谓的“出版社”，有很多都是印刷厂开设的“副业”。要是去打听的话，八成会得到“该公司不存在”的答复。

之后，赤本的出版社也和劣质杂志一样，面向成人推出了很多低俗的娱乐书籍和杂志。“贵妇”“陪酒女郎”“暗送秋波”“夜色”等字眼成了关键词。但由于这类书籍过于恶俗，铁道弘济会率先勒令旗下车站的小卖店停止贩卖这类读物。不久，战后日本社会的混乱局面趋于平稳，经济复苏，出版秩序也逐渐规范起来。

顺带一提，东京印制的赤本一般被称为“浅草书”，大阪印制的才被称作“赤本”。

Data
【稿费】创作面向成人的作品的作家的稿酬是每 400 字 600 ~ 1000 日元（昭和 20 年至昭和 25 年）

将原稿交给出版社的漫画家

“红杂志”与“白杂志”

战后初期，大众娱乐杂志用红色封面，综合类杂志和文学杂志用白色封面，以示区别。

参考文献:《朝日周刊》，1948 年 4 月 4 日。
《朝日周刊》，1949 年 2 月 6 日。
《朝日周刊》，1949 年 4 月 24 日。

卖奇形日历的

指的是那些贩卖奇形日历的商贩。所谓奇形日历，是相对于伊势神宫司厅发售的公历日历，由隐瞒地址的出版商将日本旧历和公历非法合印在一起的日历。

日本自古使用太阴历（旧历）纪年。百姓的日常生活、习俗、祭祀、例行活动都离不开旧历。明治六年（旧历明治五年十一月初九），日本政府为和西方世界接轨，推出了新的政策，采用西方的太阳历（格里高利历）为新历。新历的相关规定于明治五年十二月初二到明治六年正月初一相继颁布。

这突如其来的政策，让百姓的日常生活陷入了巨大的混乱。

明治政府此举意在废除德川幕府的旧政策，随即在民间大力普及新历的相关知识，破除封建迷信，重视新文化的科学性和合理性。

新历就此成为日本的官方历法。内务省委托伊势神宫的办公机构神宫司厅，发售名为“神宫历”的新历。与此同时，政府禁止民间印售其他历法的日历。神宫历原有的占卜祸福吉凶之类的迷信被统统删除，虽然仍印有七曜日、干支、日出日落和月出月落时间表，但还是无法激发老百姓对新历的兴趣。

这突然的变化让老百姓一时无法接受，为了维持过去的生活方式，旧历日历是不可或缺的，因此将旧历和公历合印在一起的日历在民间大行其道。但这是违法行为，出版商为了不被政府取缔，只得在出版栏里填上虚假的地址和公司名称。为了图个喜庆，大多是些吉利名字。这种日历统称为“奇形日历”。

进入昭和时代后，直到战前，大多数老百姓仍习惯使用旧历，奇形日历因方便好用备受百姓追捧，在市场上大行其道。

直到战争中期，每逢岁末，还能看到路边摊贩卖奇形日历的场景。到了昭和二十年，政策放宽，旧历日历变成合法出版物，奇形日历就此退出历史舞台。

Data
【奇形日历的价格】
《昭和三年九星历》共 32 页（无出版方信息）
《昭和六年日月表》共 31 页，10 钱（出版商位于大阪市南区）
《昭和七年九星历》共 32 页，10 钱（出版商位于东京市小石川区）
《昭和十二年九运历》共 32 页，20 钱（出版商位于东京市下谷区）

老百姓不可缺少的奇形日历

奇形日历上一般印有占卜吉凶祸福、六曜（先胜、友引、先负、佛灭、大安、赤口）、倒运日（避开修建动土的凶日）、九星等颇为有趣的内容。

参考文献:《昭和：二万日的全记录 第 4 卷 通往战争之路》，讲谈社，1989 年。
《日历与日常生活 档案 No.176》，福冈市立博物馆主页，2015 年 4 月 13 日。
《日历学园第 36 回：奇形日历——平民百姓的意见总结》，日历生活，新日本日历株式会社主页，2015 年 4 月 13 日。

卖疳积药的

过去，人们认为婴幼儿夜里哭闹、食欲不振，是因为体内的“疳虫”在作祟。为了驱除孩子体内的疳虫，人们经常祈祷、做法，也会使用以中药为主的多种药物。

在战前的日本社会，“儿童神经症”这个医学概念尚未普及，人们通常认为小孩子抽搐、夜里哭闹、吐奶、食欲不振、梦游等病症是由体内的“疳虫”引起的。那时还没有专治精神科的药，民间治疗疳积症，自古以来主要靠服用中药和草药，辅以祈祷、去神社参拜、针灸等方法。先驱虫，待疳虫被逼出，再用法术将其封印。有一些寺院十分善于驱虫，会为来访的孩子祈祷做法。

用药方面，民间经常将蛇蜻蜓的幼虫风干后炙烤服下，这便是从平安时代就成为百姓常用药的“孙太郎虫”。蛇蜻蜓的幼虫生活在清澈的河川里，大约六厘米长。将其烤干后磨成粉末，用水冲服，据说效果显著。用竹签将五只串成一串，每盒装十串（合计五十只）销售也十分常见。生产厂家将药批发给小商贩，在全国范围内兜售。据说此药也能治疗肺病和肠胃病。昭和二十七年，在长崎新地中华街，曾有商贩一边弹三味线一边叫卖。此药是宫城县白石市斋川的特产。

“卖奥州斋川名产，专治五疳惊风的灵丹妙药咯！”

在当地经常能听到这样的吆喝声，也有人用糖和酱油烤着吃。

此外，还有一种名为“赤蛙丸”的药。从江户时代开始，民间便传说用晒干的赤蛙蘸酱油吃可以治疳积症。后来，有人把此物做成药丸出售。

另一方面，疳积症患者的父母也有自己的烦恼。有的巫师会做法把疳虫从孩子的脚趾尖逼出来，然后向家长索要高额的治疗费。

现在，由于河流改道、环境污染等原因，蛇蜻蜓和赤蛙基本都已销声匿迹，制药的材料越来越难找了。与此同时，儿童精神医学越来越发达，老百姓普遍看西医，本土出产的疳积药就此被历史淘汰。

Data

【价格】孙太郎虫 12 串、合计 60 只，约 8000 日元（现今石川县金泽市）

备受欢迎的疳积药

从江户时代便备受百姓欢迎的“宇津救命丸”、由唐朝高僧鉴真传到日本的“通屋奇应丸”，都用于治疗疳积症，现今仍受到很多人的追捧。

参考文献:《和方药 孙太郎虫》，收录于《农林水产技术同友会报》第 38 号，公益社团法人农林水产·食品产业技术振兴协会，2004 年。

冰店（卖冰砖的）

昭和三十年代初期，普通老百姓还用不起昂贵的电冰箱。夏天，百姓为了冷藏食物，一般会购买冰店的冰砖。店主每天将冰砖放在自行车的货台上，挨家挨户叫卖，堪称夏季的一景。

幕府末期，函馆的商贩将一种叫作“函馆名冰”的天然冰块运回店中贩售，冰店就此登上历史舞台。此后，冰店的冰砖成了寻常百姓家的生活必需品。明治时代，机械制冰技术进入日本，到昭和初年，全国已经有了数千家制冰工厂。

冰店的兴衰与电冰箱的普及率成反比。昭和三十年代，家用电冰箱开始崭露头角。但对于寻常百姓而言，冰箱是可望而不可即的东西，不是说买就能买的。因此，一般家庭仍使用昭和二十年代的包铁皮的木质冰藏库（又称冰式冷藏库）。

冰藏库不用电，只需放入冰砖，利用冷气冷藏食物，方式比较原始。

冰藏库分上下两个冰库。在上面的冰库塞满冰砖，利用冷气冷藏下面冰库里的食物（如黄油）、水果（如西瓜）、饮料（如牛奶、啤酒）。两贯（约七点五千克）重的冰可以冷藏食物一天。冰藏库除了冷藏食物外，还可以用于制作冰镇食品。

每逢凉爽的清晨，冰店老板先从制冰工厂取货，然后挨家挨户叫卖。冰砖一般放在自行车或两轮拖车的装货台上。到了客户家，冰店老板会按照客户的需求锯冰。每逢锯冰，孩子们都会蜂拥而至，将锯出来的冰碴儿美滋滋地塞进嘴里。酷暑之日，有些家庭一天会买两次冰砖。卖冰砖的可谓是夏季独有的一景，是个季节性的工作，所以到了夏天，木炭店也兼职卖冰砖。到了冬天，他们再接着卖木炭。

昭和四十五年，电冰箱的普及率超过了百分之九十，冰店自此变成了夕阳产业。

现在，有些高级酒吧和餐厅仍需要大冰砖和袋装碎冰块，因此一些冰砖制作厂商得以继续生存。

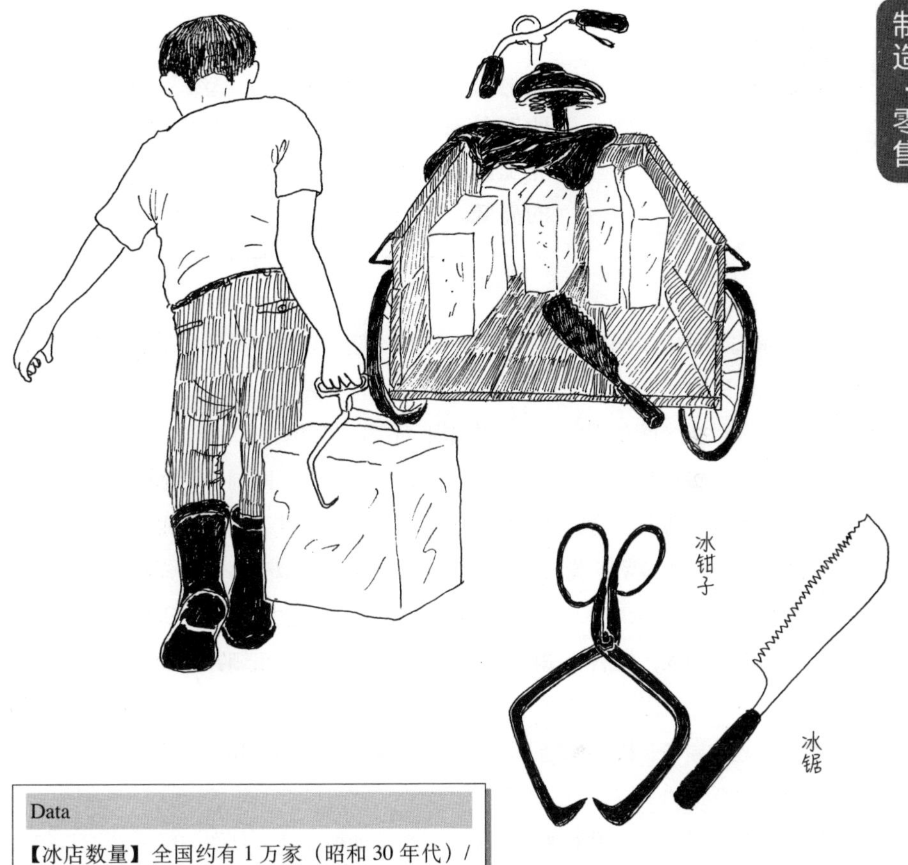

Data
【冰店数量】全国约有 1 万家（昭和 30 年代）/
全国约有 200 ~ 300 家（平成 20 年）

福泽谕吉的“救命冰”

明治 3 年夏，福泽谕吉得了热病，高烧不退。正巧赶上福井藩藩主进贡一种进口的小型制冰机。庆应义塾大学的学生用这部机器制作冰块，给福泽退了烧。相传这便是机械制冰的起源。

参考文献：《寻找海螺小姐 冰店 百姓身边的两轮拖车》，《朝日新闻 be》，2006 年 8 月 19 日。
《明治行商图鉴》，三谷一马著，立风书房，1991 年。
《冰的文化史：人与冰亲密接触的历史》，田口哲也著，冷冻食品新闻社，1994 年。

榻榻米铺子

是指制作榻榻米垫，铺榻榻米，更换榻榻米的工作。原本称作“榻榻米缝缀”，甚至连房间的歪斜都要计算进去，能否制作出与房间大小完美匹配的榻榻米，能充分展现一位职人手艺的高低。

一般家庭开始使用榻榻米是在明治时代后半期。从城市开始普及，地方上的农家、山村里使用榻榻米，则是进入昭和时代以后的事情。

榻榻米分榻榻米面和榻榻米垫。榻榻米面用灯芯草编织，称作凉席，覆在榻榻米表面。这部分由农家、凉席铺子进行编织，榻榻米铺子则制作人称榻榻米垫的稻草做的台基部分，将干燥的稻草纵横交织叠在一起，用麻线缝制而成。缝制好的榻榻米垫用脚后跟踩住拉紧。缝缀的次数越多，缝制的线越牢固，有分量的就是上等榻榻米垫。因此,榻榻米职人也被称作“榻榻米缝缀”。在榻榻米垫上铺榻榻米面时，首先要用喷雾器洒水，然后从榻榻米垫的内侧开始穿线，用绷针将预留的榻榻米面缝上，最后再缝上边框布。

若是新建的屋子，榻榻米铺子要准确测量铺榻榻米的房间的地板尺寸。这称作“看歪斜”。木匠做的地板如果出现了少许倾斜，按照设计图纸的尺寸制作的榻榻米就可能放不进去。因此榻榻米铺子必须亲自测量地板尺寸，制作与倾斜度相匹配的榻榻米。他们追求没有一毫米偏差的程度。

榻榻米铺子的另一种工作是换榻榻米面。更换方法有两种，一种是把榻榻米面剥掉，翻过来，把底侧作为面来用，另一种是将榻榻米面整个儿换新。

二战后经常可以见到把榻榻米放在路旁更换的景象。那还是车辆不多的年代，师傅领着五六位榻榻米职人，在路上摆开垫子台进行更换，那场景十分壮观。很多人在年底换榻榻米，所以非常忙碌。榻榻米铺子使用的工具很独特，榻榻米专用的针称作绷针，修理榻榻米面时，放置的台子称作垫子台，大小和榻榻米一样。

现在，随着机械化发展，榻榻米铺子也慢慢从手工作业开始转变。同时，随着住宅的西化、公寓的普及，榻榻米的需求急剧减少，但还是有许多人喜欢散发着淡淡清香的榻榻米，体会到榻榻米优点的人也在增加。

从贵族到庶民的房间

榻榻米从平安时代开始就在日本出现了，但那时是身份高贵的人家用来放置东西的，到了室町时代，随着“书院造”的出现，开始铺在地板上。江户时代，榻榻米房间开始普及，但在农村的普及主要是进入昭和时代以后的事情。

参考文献:《用“和的工作”劳动》，籏智优子著，鹈鹕社，2006 年。

卖爆米花的

爆米花是将大米和配料放入爆米花机中制作出的零食。用铁锤将机盖敲开后，随着“砰”的一声巨响，热气腾腾的爆米花出锅了。因声音而得名的爆米花又称“爆谷”。

大正时代至昭和中期，爆米花深受人们喜欢。小贩经常带着一台小型爆米花机，在公园里当着孩子们的面表演，把新出炉的爆米花卖给小客人们。

在物资匮乏的年代，孩子们会自己带着大米、砂糖等原材料，请老板做一份爆米花。在机器中放入大米、糙米、大豆、玉米等谷类，当罐内压强升到十个气压时，撬开机盖，米粒内的高压水蒸气便在瞬间急剧膨胀，米粒瞬间爆开，变成原来的十二倍大。随着砰的一声，爆米花出炉了。这惊人的爆炸声可是让孩子们感到幸福的秘密。爆米花会借着爆炸之势飞到老板备好的笼子里，搭配着白糖水和佐料出售。

一战期间，德国士兵为了填饱肚子，也为了补充营养，曾做过爆米花。他们使用尚未组装成大炮的炮筒，利用膨胀原理做出简易的爆米花机。所以从大正时代到昭和初年，爆米花机的模具基本都是这些德国机器。不过这些机器分量都在一百公斤以上，不便搬运。为了造出女性也能搬运的轻型机器，曾制造过橘子点心机的吉村利子于昭和二十一年推出了轻便的“吉村爆米花机”,畅销全国。战后，一些复员的士兵找不到工作，便开始走街串巷卖爆米花。后来也有人在两轮拖车或轻型卡车上卖。爆米花的种类也越来越多，玉米的、大豆的、甜味的、小麦的都有，老板会将其装入一个三角形福袋。有了这个三角袋，孩子们就能保存吃剩的爆米花了。袋子上画着一双眼睛、一个鼻子和一张嘴，表情会随着袋子里爆米花数量的变化而变化。

昭和三十五年前后，商品经济飞速发展，高档点心进入寻常百姓家。民居越来越多，那令人如痴如醉的爆炸声逐渐消失，走街串巷卖爆米花的人也越来越少。

现在，爆米花的价值和意义重新得到了人们的肯定。在各种活动和仪式中，表演爆米花制作过程的场景与日俱增。

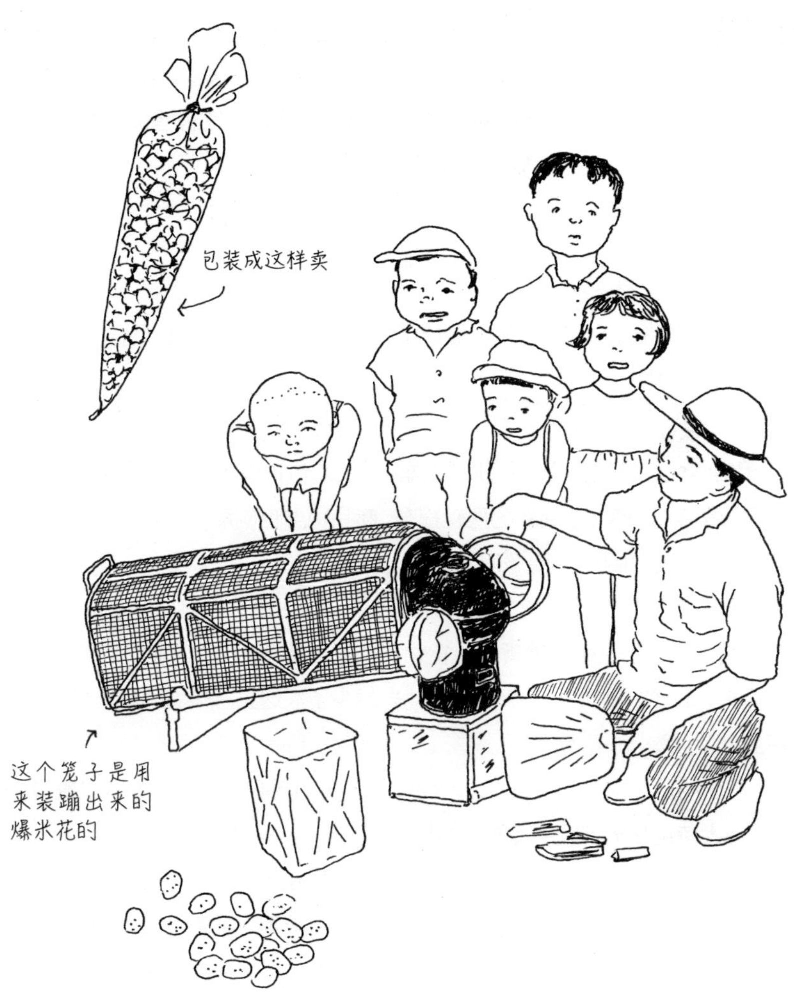

地方不同，称呼不同

各地的爆米花都有其俗称，北海道俗称“咚”，关东俗称“炸弹”。在爱媛县，爆米花俗称“砰砰豆”，并有“想健康，就吃砰砰豆”这样的俗语，是各地结婚典礼不可缺少的礼品。

参考文献:《爆米花、爆米花机以及爱媛县的爆米花文化》，和田寿博，收录于《爱媛大学法文学部论文集综合政策学科编》第 29 号，2010 年。
《昭和的工作》，泽宫优著，弦书房，2010 年。

杂货铺

贩卖日用百货的店家。杂货不上档次，种类繁多，是老百姓的生活必需品，如扫帚、簸箕等。有些商贩站在店门口叫卖，也有些商贩拉着大板车走街串巷地叫卖。

现在仍有卖杂货的人，而且基本保持了原汁原味。小贩把商品放在大板车上，走大街串小巷地吆喝。

早在江户时代便有了这个行当，不过当时的货物种类单一，基本都是旅行用品。

到了明治时代，日用百货也纷纷“上车”，成为热销商品。到昭和末年，商贩们纷纷将大板车淘汰，换成了新式的两轮拖车，商品种类也愈发丰富，达几十种之多。除扫帚、簸箕等清洁用品外，厨房用品也一应俱全。

随着时间的推移，日用百货的范围越来越广，卫生纸、肥皂、洗衣粉、木屐、速食品等随之被列入了小贩的进货单，货物种类不再单调。与此同时，随着日用百货的升级更新，超市应运而生，杂货铺就越来越少了。这也意味着昭和时代老百姓的日常用品就此被淘汰。

话说，在千叶县香取市，有一家创立于宝历年间（1760 年前后）、名为“植田屋”的杂货铺，一大特色是出售纯手工制作的扫帚、筐子、炭笔、棕绳、烹饪用具等产品。该店凭借着客户对匠人手艺的肯定和良好的信誉，经营至今。

百元店如今已经成为老百姓淘换便宜物件的头号阵地。随着百元店的兴起，纯手工制作的木制品逐渐失宠。各地现在还有凭借匠人的手艺生存的杂货铺，有不少都是当地的名店。

相对于杂货铺，还有一种名为“针线铺”的小商店，专卖小刀、梳子、簪子等小商品。随着商品的多样化，二者的界限也不再分明了。

杂货的种类

草鞋、笸箩、筛子、筐子、刷帚、舀子、小扫帚、刷子、收纳盒、茶碗筐、汤勺、掸子、锅垫、炭笼、茶壶垫、铁桶、米缸、石锅垫、洗澡用的小凳子、汤婆子、捕鼠夹、做蜂窝糖的勺子等。

参考文献:《日本匠人辞典》，铃木棠三编，东京堂出版，1985 年。
《通过照片看日本生活图引③：小买卖》，须藤功编，弘文堂，1988 年。

电梯小姐

在百货大楼、宾馆、写字楼等地方，搭乘并操作电梯，给客人报楼层数的女性，简称“电梯员”“EG”。近年来，为削减人工成本，自动电梯越来越多，电梯小姐也越来越少了。

电梯小姐这一职业诞生于大阪、神户两地的百货商店，例如神户元町的大丸绸缎庄和新开地的喜久屋餐厅。大丸绸缎庄喜欢聘用端庄秀丽的女性，让她们穿上华丽的服饰为客人服务。有些男顾客搭乘电梯，就是为了一睹电梯小姐的芳容。

早在昭和四年，东京上野的松坂屋便聘用了七八位十八岁以上的女性，让她们负责接待、引导之类的工作。当时，从事服务类工作和在办公室工作都有点让人瞧不起，但战后，越来越多的人将她们看作“现代职业女性”。

战前的老式电梯需要转动一个轮盘才能运行，电梯小姐要一边转动轮盘，一边向客人报层数。有时会出现电梯小姐忙着转动轮盘，忘记向客人报层数的尴尬场面。有些人为了避免这种尴尬，就每层都停。有时也会出现电梯停住后，发现电梯的平台与大厅地板相差三十厘米的尴尬场面。

战后，在白木屋百货商场、写字楼、东京塔等地，电梯小姐纷纷登场。工作时间是每隔一小时休息十五分钟，强度比战前低得多。就东京塔而言，电梯在半个小时内就要上下十二三次，由于长时间的晃动，电梯小姐会感到腿脚酸麻、肩酸背痛，有胃炎的话还会引发胃疼。乘坐电梯的游客也形形色色，有些人是话痨，有些男客与电梯小姐独处时，会贴着电梯小姐的身体站，让她们既心烦又郁闷。还有夏天的酷暑、冬天的严寒，都让她们备感苦恼和巨大的压力。她们穿着华丽的服饰，一边对客人轻言细语，一边憧憬着更加体面的工作。

到了平成时代，自动电梯在百货商场普及开来，电梯小姐也渐渐淡出大家的视线，现在只在极个别的商场才能看见。

Data

【工作时间】一天 8 小时，每隔 1 小时休息 15 分钟（昭和 4 年）

【月收入】17 至 27 日元（昭和 11 年）

＊东京市统计局官方数字

电梯小姐的“套话”

在一层迎接客人要说：“欢迎光临，本电梯可抵达二至六层。”人多时要说：“人多拥挤，给您添麻烦了，请稍稍忍耐。”有客人上下电梯时要说：“电梯停靠，请上下电梯的乘客注意脚下安全。”

参考文献：《欢迎光临 请！在一坪大的工作岗位上……电梯小姐的座谈会》，《周刊明星》，1959 年 11 月 22 日。

《话说电梯小姐》，吉木更，载《妇女沙龙》1929 年 10 月号。

演歌歌手

唱演歌的艺人。昭和初年，出现了一些以卖歌曲集为目的，赶在庙会等日子，在街头巷尾卖唱的江湖艺人。演歌歌手起源于明治时代，当时维新人士为给民权运动制造声势，走上街头高唱维新歌曲。

演歌是演说歌的简称。明治时代，一些民权运动的积极分子为推波助澜，经常上街把演说的内容改编成歌曲，唱给老百姓听。这些歌曲的特点是发泄对政府的不满、痛骂政府无能，代表作有《炸药小调》《罢工小调》等。

演歌歌手把歌词写成歌曲集，边唱边卖，以此为生。添田哑蝉坊在日俄战争后推出了新作《进军小调》，讽刺现实社会的丑恶。

昭和初年，用小提琴伴奏的演歌歌手石田一松成了炙手可热的明星。在当地节庆上演唱的话，一天就能挣一百日元。演歌歌手一般是四人一组，赶在庙会等日子上街卖唱。通常是两人唱歌,另外两人推销歌曲集。歌手的歌声中蕴含着理性的批判，有时候唱着唱着还会停下来，介绍一下创作背景之类的。推销歌曲集的时不时也会扯开嗓子唱两句，所以四个人的分工有时并不是很明确。

要是看到行人停下脚步，演歌歌手便会走向对方，举着歌曲集，拉着对方耐心地介绍歌曲的优点，大有一种“你不买就不让你走”的感觉。每到这时，便会聚集一大帮看热闹的人，演歌歌手也会向他们推销歌曲集。大正、昭和年间，用小提琴伴奏的演歌歌手樱井敏雄还给演歌加上了开场白。歌曲集有贵的也有便宜的，樱井为了能把贵的卖出去，想了不少点子。

原本只活跃在庙会上的演歌歌手，逐渐成了影视界和唱片公司的宠儿，也有一些人被酒馆聘用。今天的流行歌曲与演歌有着密不可分的关系。

现今，有些歌手会把贫困生勤工俭学的事迹写成演歌，称为“书生小调”。

Data

【收入】一天最多能挣 100 日元（4 人），两个唱歌的各拿 40 日元，推销歌曲集的各拿 10 日元（昭和初年）

演歌歌手的开场白

樱井敏雄的开场白（有小提琴伴奏）:“歌曲集有十钱，二十钱，三十钱的，在这污浊不堪的世道里，大家混得都不容易，我也就厚着脸皮向各位讨一碗饭钱了，歌曲集有十钱，二十钱，三十钱的。”

参考文献:《日本的流浪艺术 原创版》，小泽昭一著，岩波现代文库，2006 年。

卖假货的

江湖艺人的一种，在庙会上叫卖假药等物的商人。他们兜售技艺十分了得，且花样百出。

江湖艺人（也就是逢年过节摆路边摊的小贩）又称为“大街商人”。江湖艺人的商品种类十分繁杂，连稀奇古怪的玩具都卖，有时又被称为“三寸”，这些人通常一边喊着“快来买”，一边信口开河地推销自己的商品，因此得了个极具创意的外号——“卖假货的”，讽刺他们在大庭广众之下像街头艺人一样上蹿下跳，巧言令色地推销商品。

卖假货的经常在街头表演技艺，吸引不少路人的围观，并向他们推销假货。他们经常自吹自擂，扬言自己会催眠术，卖法律书籍，利用“戏蛇”手艺卖创伤膏，还有卖蛤蟆油的，表演形式也是形形色色。卖假货的有时一边喊着“快来看”一边准备小戏法，等人越聚越多，就开始变戏法，让围观者连连赞叹。

为了激发消费者的购买欲，让客人提起兴趣，卖假货的也是下了一番功夫。他们故意抬高低劣商品的价格，吹得绘声绘色，然后诱使客人砍价，装出一副“忍痛割爱”的样子，将商品兜售出去。卖假货的主要售卖法律书籍、统计图表、巫术书、偏方异药、催眠术指导手册、算盘使用教程等。他们都是天生的漫才大师，客人时而哭，时而笑，时而又赞叹不已，其实他们所言之事都是从报纸上看来的，但经他们的伶牙俐齿，客人便纷纷心甘情愿地掏钱付账。

昭和三十五年，日本政府颁布了《道路交通法》，依法取缔大街上的小贩、地摊等。用变戏法等方式贩卖假货、残次品，欺骗消费者的人会被判处“诈骗罪”。有关部门也经常接到消费者的投诉。

到昭和五十年左右，浅草、四天王寺等地依然能见到这些人的身影。他们多以路边摊和小餐馆为据点，但那种街头表演的技艺就此消逝了。

Data
【收入】视行情浮动
【工作时间】叫卖 1 小时，休息 20 分钟

围观的人们表情各异

卖假货的“观摩大会”

至昭和初年，每年正月，来自日本各地的有名有号的大街商人都会组织一次观摩大会，争相斗艺，客人们也多有捧场，其中不乏出类拔萃之人。

参考资料：《渥美清：浅草 · 话艺 · 寅次郎》，堀切直人著，晶文社，2007 年。
《旅行艺人的风景：游历 · 流浪 · 渡世》，冲浦和光著，文春新书，2007 年。
《日本的流浪艺术 原创版》，小泽昭一著，岩波现代文库，2006 年。

行商

走街串巷的商贩的一种。他们和客人近距离接触，带着商品沿街叫卖，也称“叫卖的”“货郎”“挑担子的”。二战后，在零售商店买东西不是很方便，行商应运而生。

这是一种比较古老的贩卖方式，根据距离和形式不同，也有别的称呼，但一般称之为行商。江户时代以后，各地的批发商、掮客、零售商为了拓展业务，将地方特产背到城市或农村出售。近江商人和富山的药商都是当年有名的行商。

行商带着烤白薯、竹竿等商品，唱着悠扬的小调，边走边推销，叫“叫卖”；渔夫的妻子把鱼盛在桶中，头顶木桶出去卖，叫“顶缸”；挑着扁担卖的叫“货郎”。至昭和二十五年左右，行商一般都由农闲时期的农民兼职。利根川下游的茨城县的霞浦湖、牛久沼，千叶县的印幡沼、手贺沼等地，虽然盛产大米，生活还是过得很困苦。所以每逢农闲，家中的女人就带着自家产的鸡蛋、蔬菜、鸡肉、鳗鱼等货物，赶最早一班火车，去东京的普通居民区沿街叫卖。入秋后的行商被称为“行商部队”，每天上京叫卖的有四五千人之多。战前，行商大多是十七八岁的农家少女。她们三点就要起床，扎上绑腿，拿上包袱，走街串巷叫卖。

行商部队多搭乘成田线或常磐线的早班车，这些车次被戏称为“货运专车”。在东北地区的秋田县，有一个被称为“五十集屋”的贩鱼的行商团队。他们在山溪中钓上鱼后，将鳕鱼、鲱鱼加以腌制，或者晒干制成鱼干。春暖花开时，五十集屋的人还骑着自行车，将新鲜的鱼带给村民，让村民很是感激。因为油不易于长时间保存，卖油的行商工作时间短，比较轻松。后来，人们就把偷懒、消极怠工的人称为“卖油的”。

行商能挣钱，主要得益于老客户的捧场，有些行商世世代代都干这个行当。在那个封闭的年代，村里人想知道其他地方或是大都市的新鲜事，都得靠整日徘徊在都市街角的行商。有些行商还兼着向乡亲散播婚讯的职能。有些村子举行祭祀等活动时，也会把行商叫来。随着时代的发展，交通、通信越来越发达，各地的零售店激增，购买小商品变得十分方便，在经济飞速发展的大背景下，行商人数锐减。

Data

【日薪】200 ~ 300 日元（利根川下游的行商部队，昭和 25 年前后）

拾发女

“拾发女”是一种极具特色的行商，这些女性走在大街上，一边喊着“头发掉了哟，头发掉了哟”，一边将地上的头发捡起来，积少成多，然后卖给批发商制成假发。在京都最常见。

参考文献:《双腿行商部队的妇人》，载《文化生活》1954 年 11 月号。
《通过照片看日本生活图引③: 小买卖》，须藤功编，弘文堂，1988 年。
《明治行商图鉴》，三谷一马著，立风书房，1991 年。
《日本民众史 6: 生计的历史》，宫本常一著，未来社，1993 年。

卖金鱼的

每逢夏天，小贩将金鱼倒入水缸中，拉着载有水缸的两轮拖车走街串巷地叫卖。室町时代，金鱼传入日本。安永年间，“金鱼行商”诞生，昭和中后期，卖金鱼的成了夏天的一景，老百姓喜闻乐道。

近几年仍能瞧见小贩一边吆喝着“金鱼，卖金鱼咯”，一边拉着两轮拖车走街串巷的场景。江户时代初期，金鱼为日本人所熟知，小贩们用扁担挑着装满金鱼的水盆，边走边卖。夏天每逢清晨凉爽之时，总能看见卖金鱼的小贩的身影。

金鱼来自中国，是鲫鱼的变种。江户时代初期，一些稀有的上等金鱼传入日本，不过当时只有武士阶层和富商才养得起。十七、十八世纪的元禄、享保年间，金鱼逐渐成了中产阶级爱养的宠物。奈良县大和郡山尤其盛行饲养金鱼，金鱼的种类越来越多，饲养方法日新月异。东京深川也盛行饲养金鱼，浅草附近有很多家金鱼店。

安永年间到十八世纪末，城市中逐渐多了许多金鱼行商的身影。

“阳光下的十字路口，有很多叫卖金鱼的。”（出自江户座高分俳句集《吾妻锦》，明和六年。）

卖金鱼的是夏天里一道亮丽的风景线。这是重体力劳动，干这个行当的大多是年轻人。他们挑起扁担，走街串巷地吆喝。金鱼容易被热死，所以小贩们通常选择凉爽的清晨出来叫卖。卖金鱼是季节性的工作。为了维持生计，他们冬天会去卖别的东西。

昭和年间，拉着两轮拖车卖金鱼的小贩激增，随之又出现了一些穿着拔染小褂的行商，挑着金鱼缸沿街叫卖。说起金鱼的品种，日本金鱼、琉球金鱼、龙睛鱼、虎头金鱼都较有名。龙睛鱼是明治时代从夏威夷传入日本的。

在那个普通家庭很少饲养宠物的年代，虽然金鱼很廉价，但饲主都十分珍视。卖金鱼的收入不高，天气多变是导致金鱼死亡的重要原因，金鱼这种生物对气候很敏感。

如今去宠物店或庙会买金鱼已成为主流，卖金鱼的逐渐消失在人们的视野中。

Data

【价格】1 尾 5 ~ 10 钱(昭和 7 年至 9 年)

昭和时代受欢迎的金鱼

日本金鱼（体型较大）、琉球金鱼（琉球品种）、虎头金鱼（头大）、龙睛鱼（眼睛大）、顶天眼（眼睛朝上）、地金鱼（名古屋品种）、土佐金鱼（高知品种）、铁鱼（很像琉球金鱼）、荷兰狮子头（头如肉瘤）。

参考文献:《写真物语: 昭和的日常生活 4 都市与城镇》，须藤功著，农山渔村文化协会，2005 年。
《明治行商图鉴》，三谷一马著，立风书房，1991 年。

杂货店（万事屋）

出售杂货的商店，主要卖点心，也卖鞋袜、靴子、剪刀、化妆品、文具、卫生纸、手绢等。直到昭和四十年代，杂货店都一直发挥着相当于现在的便利店的作用。

杂货店是面向平民出售日用百货的商店。大正年间被称为“万事屋”，是指其所卖商品种类繁多。此外,万事屋也受理一些并非买卖的琐碎事务,如找猫找狗之类，在城市里一直发挥着部分便利店的作用。

万事屋的经营范围很广，以点心、冰激凌为主，还有烟草、酒水、酱油、剪刀、针线、化妆品、鞋袜、凉鞋、木屐、砂糖、卫生纸、玩具、点心盒、笔记本和铅笔等文具，也提供公用电话。此外，还有可以制作棉花糖、落雁点心、瑞士卷的万事屋。

各地老年人开的“沙龙”式商店堪称最早的万事屋。店内铺着榻榻米，放着取暖用的火盆。待客人进屋，老掌柜必定会和客人谈天说地，气氛十分轻松，谈话内容也广泛。一时间，万事屋简直成了当地的情报中心，为家庭生活的烦恼前来咨询的客人也不在少数。

战前，农村识字率不高，为满足客人的需求，有些万事屋会为客人代写书信。

一些万事屋不光贩卖商品，还会受理一些给木屐换木齿之类的工作。行商的活计，万事屋也干。有时只需一通电话，万事屋还会给客人提供“宅急送”服务。他们童叟无欺，堪称“人情堡垒”，偶尔还允许顾客赊账，这是万事屋特有的优势。

可惜的是，自昭和三十年开始，超市大行其道，人口减少，轿车普及率大幅提高，买东西越来越方便，万事屋也随之式微。

现在，大多数人都去便利店买东西，与万事屋不同的是，便利店并不能充当“人情的堡垒”，加强人与人的交流。在这个人们之间的关系愈发冷漠的时代，万事屋怎么能不令人怀念。

收拾整齐，让顾客
看着舒心

洋货铺

明治、大正年间，贩卖衣料、帽子、装饰品等洋货的杂货店被称为“唐物屋”。在东京的银座和日本桥有一些商店，将白衬衫、领带、礼帽、手提包等商品整齐地摆在橱窗内吸引顾客。这种商店现在基本都改叫洋货铺了。

参考文献:《昭和的工作》，泽宫优著，弦书房，2010 年。

粗点心店

售卖用红糖、粗砂糖等制成的廉价点心（粗点心）和廉价玩具的店。粗点心店遍布日本各条小巷和平民区，通常在学生上下学的必经之路上。孩子们经常光顾，堪称小孩子的交际场。

明治年间，粗点心店又称为“一文钱点心店”。因为在江户时代一文是最小的货币单位，以此来表示粗点心的廉价。昭和初年，该行业蒸蒸日上，相继开始售卖芋羊羹、金花糖、蜂窝糖、江米糖、脆饼干等粗点心。柠檬汽水和橘子汽水等饮料也随之出现在柜台上。

粗点心通常装在一个大纸箱子里，客人将想买的点心从箱子里拿出来，然后放到杆秤上称重，按重量付钱。粗点心店通常都会挂招牌。为维持生计，他们不光卖粗点心，也卖些别的东西，如陀螺、弹球、玻璃弹珠、水枪、皮球、怪兽卡片等小玩具。有些店还兼卖文具。对孩子而言，点心和玩具可谓最佳搭档，能给他们带来无限快乐。一时间，新出品的点心和玩具成了孩童世界里最受关注的东西。

战前，粗点心的单价大多在一两钱左右。战后，高档点心进入寻常百姓家。虽然出现了巧克力等高级甜点，但孩子们可买不起，他们还是喜欢去粗点心店一饱口福。粗点心店还有抽奖等趣味活动。孩子们有时会用零花钱买粗点心吃，有时又会缠着家长，去超市买高档甜点。这两件事都令他们欣喜不已。

昭和三十年代以来，粗点心店逐步向杂货店看齐，也卖起了邮票、礼券等。有些粗点心店挂出了“冰箱内有冰镇饮料”的招牌，在那个冰箱普及率不高的年代，冰镇饮料可是令孩子们朝思暮想的稀罕物。粗点心店的经营方式很多，大多由退休的老奶奶来操持，家人一般也有各自的工作。相对于粗点心，还有一种被称为“上等点心”的高档货，如糕饼、羊羹、江米团、蜂蜜蛋糕等。

随着时代发展，高档点心越来越便宜，游戏机也普及开来。粗点心和小玩具的市场越来越小，曾一度成为儿童流行文化发祥地的粗点心店逐渐被时代潮流淹没。

Data
【点心价格】一个约 10 ~ 50 日元
(昭和 46 年，熊本)

孩子们在店前排队

粗点心外的套装商品

昭和年间的粗点心店，除了点心也卖别的商品，如奥特曼的照片、假面骑士的卡片、职业棒球队员的卡片等，大多是零食的周边产品，是吸引孩子购买零食的方法之一。

参考文献:《昭和的工作》，泽宫优著，弦书房，2010 年。

卖天皇相片的

战争期间，日本百姓曾像崇拜神明一样崇拜天皇。天皇的照片被称为“御照”，学校的奉安殿、百姓人家的壁龛中都摆放着天皇相片。天皇相片一时间成了抢手货，在政府的默认下，私人商贩也发起了天皇相片的财。

将天皇的相片摆在家里，是明治年间老百姓的一大爱好。明治初期，政府将“御照”下发到各学校和行政机关，让他们挂起来。私人商贩随即发现这一商机，制作天皇相片卖给老百姓。尽管政府认为“御照”是神圣的，禁止民间流通，但最后还是默认了民间的买卖行为。民间的摄影师将相片制作出来，然后通过照相馆或路边摊出售，一般和演员、艺伎的照片摆在一起。天皇相片的售价较高，只有比较富裕的家庭才买得起，一般将其供奉在家里的神龛或壁龛里。传说，家中的男孩只要参拜了天皇相片就能成就大事。报社为了能多卖些报纸，有时会将天皇和皇后的肖像画印在报纸上。

昭和天皇即位后，他的民间版“御照”也随之流入市场。随着天皇相片越卖越好，老百姓对天皇的神性愈发迷信，民间滋生出了“天皇信仰”。当时在农村，经常能看到百姓家中的神龛或壁龛里并排摆着天皇和皇后的照片。

贩卖方式多种多样，尤以行商最多，将天皇相片整齐地放在两轮拖车里，挨家挨户叫卖。

昭和天皇、香淳皇后、明治天皇的相片比较受欢迎。与一般行商不同，卖天皇相片的行商穿得都比较正式，不是穿西装就是穿和服，以表达对天皇的敬畏。

二战期间，购买天皇相片会被亲朋好友夸赞为“有爱国心”。当时的青少年都非常羡慕有天皇相片的人家。大家都珍视天皇相片，虽然价格偏高，但依然很畅销。有些地方的书店也卖天皇相片，顾客络绎不绝。那些因为男主人工作调动而搬家的家庭，在搬家的时候会非常小心，生怕碰坏了天皇相片。战争结束后，卖天皇相片的人也随之销声匿迹。

Data

【价格】50 ~ 60 钱（明治年间，当时算是很贵了）

像电影明星一样？!

昭和天皇外形俊美，所以天皇的相片就像英国摄政时代的明信片那样非常受少女的欢迎。作家幸田文曾写道：“天皇眉毛浓密……戴着漂亮的小眼镜，恍若美男子。”战争期间，天皇的照片给人一种严肃庄重的印象，令人意外的是，女孩们居然很喜欢看这样的照片，就像看电影明星一样。

参考文献：《“皇室相片”和“御照”——分析战争前期报纸杂志中的皇室相片》，右田裕规，载《京都社会学年报》第 9 号，2001 年。

卖豆腐的

昭和三十年代，卖豆腐的时常在清晨和傍晚一边吹着喇叭，一边推着自行车或两轮拖车叫卖。豆腐做法多种多样，有利于健康，是老百姓餐桌上不可或缺的食物。

关于豆腐的记载，最早见于寿永二年（1183）。当时，豆腐是一种很珍贵的食物。到了室町时代，豆腐开始普及开来，成为僧侣的家常菜。到了江户时代更是成为家喻户晓的食品，百姓厨房中的宝贝，一般由行商贩卖。

行商挑着吊有两个木桶的扁担走街串巷地叫卖。一个木桶装普通豆腐，另一个装的则是油炸豆腐。昭和初年，行商们用两轮拖车取代了扁担，战后又换成了带有置物架的自行车。

各地贩卖豆腐的方式不同。有些人边吹着喇叭边喊：“卖—豆—腐—哟！有白豆腐、油炸豆腐和飞龙头豆腐！”说罢，便吹两声喇叭。也有人用敲钟取代喇叭。人们一听见这种声音，便知道卖豆腐的来了，拿起盛豆腐的容器出门去。

无论是战前、战后还是今天，豆腐都是老百姓视若瑰宝的常用食材。豆腐的原材料大豆富含蛋白质，具有很高的营养价值，也易于烹饪，做法多种多样，味美而养生。

卖豆腐的人每天天不亮就要起床做豆腐。虽然也有豆腐店，但贩卖豆腐的主力军还是行商。这种情况一直持续到战后，有些地方连一家豆腐店都没有。

当时还没有防腐剂，豆腐的保质期很短，偶尔会出现卖剩的情况。因为豆腐容易坏掉，所以行商不光用自行车，还会挑着扁担沿街叫卖。

经济高速发展时期，厂商推出了含防腐剂的豆腐。随着超市的发展，买东西越来越方便。相对的，做豆腐的人和卖豆腐的行商越来越少，到了昭和六十年代，基本消失在了人们的视野中。

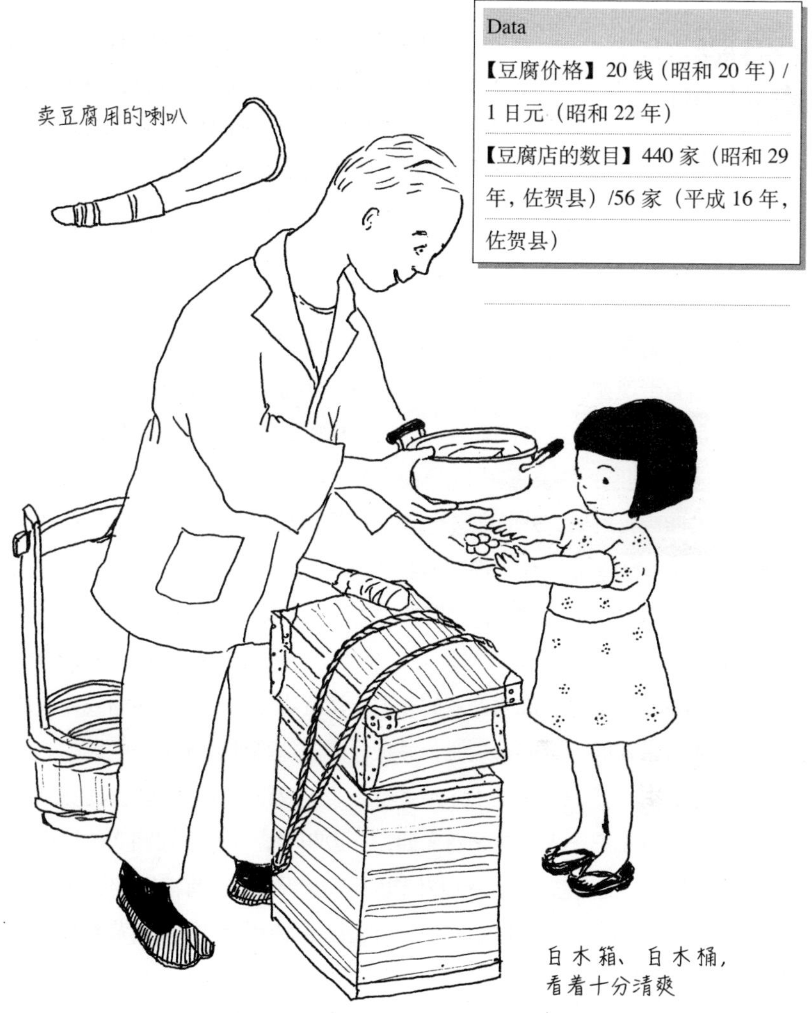

Data

【豆腐价格】20 钱（昭和 20 年）/ 1 日元（昭和 22 年）

【豆腐店的数目】440 家（昭和 29 年，佐贺县）/56 家（平成 16 年，佐贺县）

歌颂豆腐店的畅销书

松下龙一有一本和歌集《豆腐店的四季，青春的记录》，用抒情手法描述了身为一家小豆腐店的男店主充满纠葛的青葱岁月，其中写道："夜里愤怒地用豆腐砸小偷，一直追打到天明。"

参考文献：《时代万花筒 33，一块豆腐的气质》，《佐贺新闻》，2004 年 8 月 15 日。
《豆腐店的四季，青春的记录》，松下龙一著，讲谈社，1969 年。

卖解毒药的

解毒药起源于新潟县。角海滨（现西蒲区卷地区海岸一带）的村寺曾配发过一种名为“解毒丸”的解毒药。行商们后来在关东一带贩卖此物，据说其中还有不少女行商。

解毒药又称解毒剂。在近代，据说新潟县角海滨的称名寺制作的“解毒丸”解毒效果好，相当于现在的正露丸，在治疗腹痛、食物中毒、驱除蛔虫等方面有不错的疗效。解毒药的成分主要有洋扁豆、硫黄、蜂巢珊瑚、甘草、天花粉等。江户时代初期,寺庙经常配制一些解毒药,送给前来参拜的香客,也委托泷深庄左卫门制作、贩卖解毒药。此后，新潟之外的地区也涌现出不少贩卖解毒药的行商。

卖药行商起初大多是男性，但随着制药公司不断增加，销售区域扩大，女行商也加入进来。到明治末年,女性成为卖药的主力。大正年间堪称卖解毒药的全盛时期,昭和乃至战后也未见衰落。

随着角海滨地区制盐业和水产业的衰退，卖解毒药的女行商逐渐成为该地区的经济支柱。卖解毒药的行商遍布东北、关东、甲信越等地，涉足范围极广。行商大多是未婚女子，其中不乏小学毕业的女学生，父母无力供养，她们只能自食其力。这样的女生大概有二三十人，被药商雇佣，一边叫卖，一边学习叫卖的技巧，通常称为“学徒”。为了提高营业额，行商们想了不少新点子。有三四年销售经验的行商会组团叫卖，以增加声势。在地方上，有些已结婚生子的行商会背着孩子走街串巷地叫卖。

她们通常穿着藏青的筒袖碎花和服、系红围裙，戴上手背套、扎上绑腿穿行于大街小巷。跟行商买东西，如果没带钱可以先赊账，一般一个月内要把钱还上。行商一般每年五月中旬从角海滨出发，去各地兜售解毒药，十月底回到家乡。有些行商并不随身携带货物，而是提前寄送到出售地。卖解毒药的方式取决于行商个人的风格，这一职业堪称女性充当家庭顶梁柱的典型代表。

昭和二十五年前后，新潟县的药商纷纷成立制药公司，卖解毒药的行商的身影随之消失了。

Data

【卖解毒药的人数】1162 人（大正 4 年，角田村，现新潟市卷町）/ 1135 人（昭和 3 年，全国）

卖解毒丸

虽然同属新潟县，角海滨的女行商一般去东京、横滨一带贩卖，越前滨的女行商去长野、茨城，五滨的女行商去枥木、群马、埼玉一带，地盘划分明确，各自都招揽了不少回头客。

参考文献：《日本民俗文化大系第 14 卷：技术和民俗（下）都市·町·村的生活技术志》，森浩一等著，小学馆，1986 年。

《日本民众史 6：生计的历史》，宫本常一著，未来社，1993 年。

《日本产业史大系 5：中部地方篇》，地方史研究协会编，东京大学出版社，1960 年。

卖富山成药的

江户时代，由于地方藩主的保护和支持，富山的医药行业欣欣向荣。与此同时，各地的行商都开始做起了富山成药的买卖。富山成药多为顿服，并逐渐成为百姓家中的常备药。

富山成药的历史要上溯到十七世纪末。当时，富山藩主前田正甫对成药饶有兴趣，经常自己研制。元禄三年（1690），江户城内一位福岛大名感到腹部剧痛难忍。前来探病的前田正甫将自己研制的“还魂丹”送给大名。大名腹痛立时止住，众人感叹此药的神奇。前田正甫便开始在自己的领地内推行富山成药。同时他还招募各地行商，喊出“领地外也可贩卖”的口号，鼓励本地的药商研制药物，然后到全国各地兜售。前田正甫还提出了“先用后给钱”的思路，每年令大批行商去全国各地贩卖。行商们先用手中的新药换取各家各户久置于药柜中的旧药，以旧药抵押药费，等患者用药后感到有疗效了，再支付药费。富山成药逐渐为世人熟知。至明治三十四年，富山市约有八千人加入到制药、卖药的行列。当时富山市只有六万人，这个比例着实惊人。

行商们戴上手背套、扎上绑腿，将药品装入箱笼，或是包在藏青色大包袱里，走出家门沿街叫卖，一般一年出去一到两次。富山成药可以讨价还价，打两到七折。除了内服药外，药商们还发明了其他药物。一般药商会给客人打六折或七折，借此吸引不少回头客。药商们还会卖别的商品，借着自己良好的信誉，生意都不错。常见的富山成药有还魂丹、母亲散（女用药）、救命丸（治小儿疳积症）、解热丸（感冒药）、熊胆圆（用于消化系统）等上百种。昭和三十年代，药商们把药装入柳条包，再放到自行车的置物架上，出门贩卖。贩卖方式有银货两讫和“先用后给钱”两种，因人而异。战后初期，医院寥寥无几。要是夜里突发疾病，光凭医院根本应付不过来，因此富山成药的效用得以凸显。

随着时代的发展，医院和药店数量激增，卖富山成药的人不断减少。现在很多顾客通过手机知道富山成药，行商们开车卖药，依然受到很多人的欢迎。

Data
【药商人数】111685 人（昭和 36 年）/4096 人（平成元年）/ 957 人（平成 21 年）
【药费】1 盒 100 日元左右（昭和 27 年）
* 富山县官方数据

除了药，还有土特产

战后，富山成药主要有“止疼片”“赤玉肠胃药”“速效救心丸”“熊胆”等，此外还有膏药。富山成药一开始主要售卖顿服药，后来种类越来越多，还有专门为孩子制作纸气球的人，此外还制作九谷烧酒壶（瓷器）、若狭箸（漆器）等土特产。

参考文献:《日本民俗文化大系第 14 卷:技术和民俗（下）都市·町·村的生活技术志》,森浩一等著,小学馆,1986 年。

《明治行商图鉴》，三谷一马著，立风书房，1991 年。

《卖药的历史》，一般社团法人全国配置药物协会主页，2015 年 2 月 25 日。

卖眼泪的

大街上常有一边哭喊着“我工厂倒闭啦”，“没有电车钱，回不了家啦”，一边摆摊卖东西的人。路人出于同情，有时会慷慨解囊。那可就上当了，这些人都是骗子，有时还会协同作案，现在很少见到了。

这种行当在战后到昭和三十年间最为猖獗。他们在大街上主要靠哭闹、装可怜等手段推销商品，在公园、广场和景区等地随处可见。这种人通常脸皮都很厚。哪里人多，他们就往哪里钻，客流量大是选择行骗场所的第一要点。

举个例子，有时大街上会有一些工人模样的人摆摊卖钢笔。他们一脸悲伤，十分令人同情。他们的同伙会扮成行人停下来看看。这就是托儿。

“喂，你看起来这么惨，出什么事了？”

卖眼泪的随即啜泣起来。“我原本是钢笔工厂的工人，谁承想工厂倒闭了，给了这些钢笔，就算抵了补偿金。活不下去了……”

托儿装出好奇的样子凑近地摊上的钢笔，拿起来仔细端详一番。

“这是派克钢笔吗？”

“啊，是，这可是美国原装进口的高级货。”这时，骗子就静静地等着对方询价。

“多少钱？”

骗子报上价格，托儿装出一副感激涕零的样子，说道：“派克钢笔卖得这么便宜！”周围的行人见此情景，也纷纷凑上来竞相购买。这些骗子的演技可谓炉火纯青，没经验的行人八成会被骗。

这些骗子中不乏骗术登峰造极的佼佼者。钢笔工匠（其实是装成工匠模样的摊贩）里最有名的是浪越繁信，他读了村上浪六的小说《当世五人男》，勤学苦练，终于练就了书中人物的口才。没经验的人路过他的摊子，势必会被那声情并茂的表演打动，掏钱买货。他常年在浅草一带行骗，最后发展到每天只干一个小时就足以衣食无忧。

战后，这种骗子逐渐消失在人们的视野中。

骗子一边哭一边在大街上卖钢笔，能不能把戏做足、演技有没有爆发力，直接决定着他们的收入。

“卖眼泪”的各种说辞

他们大多是一边哭一边卖东西，在广义上也是江湖商人的一种。装哭卖钢笔的用“工匠骗术”，也有人谎称家里着火了，这叫“失火骗术”，是小摊贩的一种形式。

参考文献:《日本的流浪艺术 原创版》，小泽昭一著，岩波现代文库，2006 年。
《昭和: 二万日的全记录 第 10 卷 电视时代的开幕》，讲谈社，1990 年。

风铃屋

每逢初夏，风铃声便不绝于耳。商贩带着形形色色的风铃穿行于大街小巷，营造出夏日独有的氛围。这种风雅脱俗的物件，从江户时代起便与百姓的日常生活密不可分。

风铃分为金属制的南部风铃和玻璃制的江户风铃两种。江户风铃由玻璃制成，又称“微动风铃”。细长款的称为“小风铃”。球形风铃又分为“小球”“中球”“大球”几种。

风铃屋起源于江户时代，当时有一种风铃荞麦店，摊主将风铃挂在屋台上，借其声音吸引客人。风铃屋可谓衣食无忧。早上出门前数一数风铃的数量，收摊后再数数剩了几个，当日结算收入。昭和初年经济不景气，很多失业的人便卖起了风铃。风铃是典型的畅销货，一个星期的收入就能支撑一个月生活的开支。

每逢初夏，摊贩推着挂满风铃的小屋穿行于大街小巷。昭和初年，在东京深川经常能看到一群光头小孩在大街上争先恐后选购风铃的场景。

但夏天一过，天气转凉，风铃就卖不动了。不仅是因为温度下降，连绵不断的小雨也是风铃屋的克星。平日里那清爽的声音，这时候怎么听怎么像忧郁之音。这是个季节性的工作，夏天卖风铃的小贩到了秋冬就去干别的工作了。

令人欣慰的是，每每听到风铃的声音，客人们便会笑逐颜开，就算挣得不多，也给了风铃屋小贩们继续干下去的勇气。

在江户川区，有个专门制作江户风铃的人叫筱原仪治。他生于大正十三年，是非物质文化遗产传承人、东京都荣誉市民。他于昭和十年开始制作风铃，因为地点在江户，所以他制作的玻璃风铃就称为“江户风铃”。

制作玻璃风铃需要两名工匠相互配合。一位制作当风铃口的直径三厘米的圆球，另一位则用玻璃将圆球围住。用手指尖敲敲风铃，看看玻璃的质地是否均匀，也是选购风铃的一个诀窍。工匠没有十年的经验，是很难做出一个好风铃的。

Data

【日薪】大概 1 天 16 ~ 17 日元（大正 14 年）

铁风铃的声音

岩手县的南部风铃是用南部铁打造的，形似小吊钟，风一刮，上面的羽毛和小纸条便会随风飘动。玻璃风铃发出的声音十分清脆，与前者截然不同，是人们出门纳凉的信号。

参考文献:《经济往来》1977 年 8 月号。

《镜头中的社会百态》，收录于《近代庶民生活志 第 7 卷》，南博编，三一书房，1987 年。

《江户风铃百年制作史》，筱原风铃本店主页，2015 年 10 月 23 日。

捕蛇者

专门以捕蛇为生的猎人。蛇的精液是一种很好的药材，是制作壮阳药的珍贵材料。特别是蝮蛇，焙烤蝮蛇可以治疗各种疑难杂症，还能止血，于是产生了这个行当。

直到昭和四十年代，在各地时常能见到以捕蛇为生的人。很多蛇都像蝮蛇一样有剧毒，所以外行人干不了这一行。被激怒的蛇会腾空而起，喷出毒液，要是进了眼睛，眼可就瞎了。可是蛇只吃活的动物，不能像养鳗鱼一样饲养，以捕蛇为业的人就应运而生。

捕蛇这一职业可上溯到江户时代，当时以捕捉蝮蛇为主。他们根据野草的繁茂程度、地上的痕迹找到蛇的老巢，然后捕获。捕捉方法多种多样，蛇有闻见发蜡的味道就一拥而上的习性，有些猎人就焚烧沾有发蜡的女性的头发，以此来吸引蛇。捕蛇的老手被称为"捕蛇爷爷"。他们将捕到的蛇放入养蛇瓶中，倒入少量水，盖紧盖子，再在盖子上扎几个气孔。

捕到的蛇种类不同，用途也不同。青蛇可以用于制作血清；蝮蛇浸泡在烧酒中，可以制作中成药，其精液可以制作壮阳药。有一种叫"花蛇"的通体黢黑、带有金色斑点的蛇，药用价值极高，市场价格是蝮蛇的十倍。

昭和初年，结核病还是不治之症，蛇药是极其珍贵的药品。卖药的将蝮蛇晒干后装入玻璃瓶，当作中药售卖。将蝮蛇浸泡在烧酒中，之后剥掉鳞和皮后风干，再将其磨成粉，具有一定的药用价值。除了用于制作壮阳药外，也是治疗胸膜炎、外伤等伤病的特效药。

有些摊贩为了卖药，在大街上耍蛇，故意让蛇咬自己的胳膊，然后将药涂在伤口处，高喊道"这药连蛇咬伤都能治啊"，以此来吸引客人。

后来西药大行其道，结核病也能治疗了，以蛇入药的情况减少。战前，售卖以蛇为原材料的药的店铺大概有几百家，现在仅剩几家。但现在蝮蛇仍在作为壮阳药售卖。在奄美大岛还有以捕捉原矛头蝮蛇为业的人。政府以每条四千日元的价格收购。有些能手每天可以捕获十多条，并以此为生。

山鳗鱼

在熊本县和宫崎县交界有一处秘境——五家庄。那里至今还有很多体力劳动者有吃蛇肉的习惯。蛇肉有滋阴补阳、补充营养的效用，当地人称之为“山鳗鱼”，蛇肝尤其美味。

参考文献:《镜头中的社会百态》，收录于《近代庶民生活志 第 7 卷》，南博编，三一书房，1987 年。

卖柴火的

过去，柴火是取暖、烧水、烧洗澡水的燃料，是一种生活必需品。城市人的日常生活也离不开柴火，一些行商从柴火商或柴火批发商手里进货，然后贩卖。

柴火曾是百姓日常生活不可或缺的燃料。加热地炉、炉灶，烧洗澡水都需要大量的柴火，没有它就很难办。老百姓一般把柴火堆在屋外，随用随取，也有人放在家中保存，还有为存柴火专门盖间柴房的。粗壮树干劈成的木条叫“劈柴”，能烧的树枝叫“杂木”。农村和山村的村民通常是亲自去山里砍柴，自给自足。而城市居民一般去煤柴店或零售店购买，捎带把炭也买了。

农民一般会通过“产地店”，将煤炭、柴火运送到城里的煤柴批发店，再由中间人转卖给零售商，这是最主要的流通渠道。农民跳过批发商直接售卖，在当时是被禁止的。

在城市，零售商接手柴火后，主要靠雇佣行商卖货。柴火又称为“春木”，行商一边吆喝着“卖春木了”，一边走街串巷地叫卖，并用一根一米长的绳子捆成一捆售卖给顾客。说起卖柴火的行商，京都的“大原女”可谓最负盛名。那是一群常年在京都东部的大原（现京都左京区）叫卖柴火、杂木、煤炭的女行商。大原女的历史可上溯到平安时代。她们言辞文雅，双肩各搭一条刺绣擦手巾，短布袜外扎上绑腿，端庄秀丽，口中唱着藤原定家的和歌，看起来就像洛中洛外图屏风上的美人一样。

大原女卖的柴火被称为“黑木”。将木头切成三十厘米长的木条，再用炉灶烤黑，因此得名。除了柴火，她们还卖野菜、鲜花、蔬菜等。战后仍能时常看见她们的倩影。

每年二月，岐阜县高山町的男人们会用雪橇装满柴火，走街串巷叫卖。雪橇在白雪之上缓缓前行的景象，堪称冬天的一道风景。

直至战前，柴火都是老百姓的生活必需品。战后，天然气、石油、电力的普及率大幅提高，卖柴火的人逐渐消失在大众的视野中。

大原女将货物顶在头上，一边说着“请买黑木吧”，一边贩卖。她们大多是美人。

卖柴火的在各地有不同的称呼

好柴火取的都是上等木头坚硬的部分，而老百姓买的品质稍次，称为“木端”。从原产地刚进的新货被称为“小上”，大阪叫“中师”，还有些地方叫“日用”。

参考文献：《昭和：二万日的全记录 第 4 卷 通往战争之路》，讲谈社，1989 年。
《日本风俗史事典》，日本风俗史学会编，弘文堂，1979 年。
《风俗辞典》，坂本太郎监修，东京堂，1957 年。

商务女模

指那些承接商店海报、时装秀、女性杂志封面等工作的女模特，她们有时也负责游园会的接待工作及其他娱乐活动，具有很高的职业素养。现在，时装模特在会场也兼当售货员，是职业女性中收入最高的。

日本最早考虑使用商务女模是在大正十二年。位于东京丸之内大厦的“丸之内美容院”开业时，美容师山野千枝子鉴于留美时观赏时装秀的心得，曾考虑过使用商务女模。昭和三年三月二十四日，纪念国产振兴东京博览会在上野公园开幕，高岛屋绸缎庄出品的和服穿在一个个人偶的身上，并排而列。不料，人偶纷纷动了起来，着实吓了观众一跳。商务女模就此登上历史舞台。

此后，为商店拍摄海报的商务女模激增。七名商务女模在上野结成“日本女模俱乐部”。“时装模特”一词出自法语，因为其发音和“招揽”、“邀请”相近，故而得名。当时的正式名称是“美装员”。

现在，商务女模不仅承接时装秀和商店的工作，有时还会兼职做售货员。她们不仅活跃在商店，发型模特、女性杂志封面模特、文娱模特也不在少数，当礼仪小姐的也不少，有时会在百货店等地演示商品的使用方法。商务女模在的话，销量能比平时增长十倍。夏天，有些商店会雇佣一些商务女模，让她们穿上各式各样的泳装，吸引顾客。昭和四年，商务女模驹井玲子加盟资生堂，专门负责和客户进行美容方面的交流，自此又出现了一种被称为“美容社员”的职员。

早先，模特还得念广告语。女模不仅要有美貌和好身材，还得能说一口流利的标准语，要是个伶牙俐齿的姑娘，就再好不过了。近年来，发生了多起模特公司榨取模特代言费的事件，商务女模纷纷罢工抗议。

穿着时髦的服装，在众人面前展现自我，商务女模无疑是走在时尚最前沿的女性，令人艳羡不已。在那个职业女性月均收入只有三十八日元的时代，商务女模的月均收入高达两百日元。

Data

【月收入】200 日元（但是其中 20% 要交给所属经纪公司，昭和 3 年）

＊当时大学毕业生的月收入为 70 日元

穿着泳装的商务女模，是夏日商店里一道亮丽的风景线。

商务女模中的女王——驹井玲子

杂志《摩登日本》昭和 6 年 1 月号刊登《偶像特辑》，其中介绍了头牌女星水谷八重子、女高音歌唱家关屋敏子、田径选手人见绢枝以及商务女模驹井玲子。文中夸赞：不管是售货员、接待人员，还是广播员、礼仪小姐，驹井玲子都会踏实认真地完成工作，具有很高的职业素养。

参考文献：《职业女性大全 世态座谈会》，载《相谈》1934 年 2 月号。
《商务女模诞生》，收录于《昭和：二万日的全记录 第 1 卷 昭和的期待》，讲谈社，1989 年。

驴车面包店

昭和初期至昭和三十年，有一种驾着驴车或马车走街串巷卖面包的商贩。进入昭和四十年代，商贩们把座驾换成了小型三轮车或自行车。

用驴拉着载货车卖面包这种经营手段，据说是札幌的“驴面包石上商店”店主石上寿夫于昭和六年独创的。石上的中国朋友送给他一头驴，于是他想到了用驴来吸引顾客、走街串巷卖面包的方法。他给驴起名为“灯芯”，有俏皮之意。车夫戴着蝴蝶领结，一副赛马选手的装扮沿街贩卖。店家主要以零售为主。驴拉着车到处兜售面包在当时是很新鲜的。石上担心他那瘦弱的驴体力不支，卖了几年就不卖了。现在，石上的公司是北海道有名的“驴面包公司”。

昭和二十八年夏天，维他命面包连锁店总店店长桑原贞吉开始在滨松市、京都市用马拉着载货车兜售面包。虽然用的是马，但还是称为“驴车面包店”，因为这个名字为大众熟知，容易吸引顾客。

昭和三十年，《卖面包的驴先生》成为脍炙人口的流行歌曲。大概有一百五十家驴车面包店在沿街贩卖时都会放这首歌。

然而马车终将被时代的潮流淘汰。商贩们纷纷换上了改造后的人力车，或是电动自行车。极盛时期，全日本大概有一百六十余家驴车面包店。

昭和四十年代，座驾又逐渐转变为汽车。到了平成元年，仍有人用马车卖面包。随着膨化食品、巧克力等小食品越来越丰富，超市、便利店越来越多，驴车面包店的市场变得越来越小。平成年间，全日本只剩下十几家驴车面包店，主要经营蛋糕、甜甜圈等新式点心。平成二十五年，岐阜市、三重县四日市市、高知市、德岛县阿波市又有四家连锁店相继倒闭。维他命面包连锁店总店仍然在坚持销售发糕和江米团等旧式点心，开着汽车，播放着《卖面包的驴先生》沿街贩卖。

Data
【销售数量】每辆马车每天售出 700 ~ 1200 个面包
【月收入】1 ~ 2 万日元，车夫和小贩的工资按提成制结算
【价格】1 个 10 日元
* 数据均为昭和 35 年左右

驴子和面包的搭配
显得很有趣

少见的几种驴车面包

昭和 13 年出现了“玄米面包店”，他们边叫喊着“玄米面包热腾腾”，边吹着军用喇叭，敲着太鼓。小贩们穿着衬衫、背带裤，戴着帽子，显得非常时尚。日俄战争后，还可以看见女性装扮成护士的模样售卖面包，称为“俄罗斯面包店”。

参考文献:《驴车面包物语》，南浦邦仁著，鸭川出版，1993 年
《驴车面包的六十年》,《京都新闻》，2013 年 8 月 7 日。
《昭和写真家们 10：师冈宏次作品集 · 消逝的风景》，载《历史通》2015 年 1 月号。

咖啡馆
（纯饮茶）

从二战前到二战后，在咖啡馆里喝喝咖啡，谈笑风生，是种高尚的文化。咖啡馆还是学生们进行学习和辩论的文化沙龙。

咖啡馆也称纯饮茶。现代咖啡店的原型是于昭和二十一年在台东区开业的“可否茶馆”。当时咖啡是高级货，所以还出现了提供较廉价的温牛奶的“牛奶馆”。

Café 一词在法语、意大利语中意为咖啡。咖啡馆的饮品单上有巴西咖啡、哥伦比亚咖啡。二战结束后，咖啡馆成了绅士、知识分子交流彼此的疑问和知识的场所，或者学生们与友人进行讨论、接受启发的沙龙。

日本也有高级的咖啡馆，里面有扑克牌、台球、围棋、将棋、报纸书籍等。银座的“资生堂饮茶室”的楼梯井内部还设有乐池，可以欣赏现场演奏。

从大正时代到昭和时代，出现了让女服务生提供陪酒服务的“西式酒馆”，之后慢慢成为主流。为了与这些店区别开来，咖啡馆也称为“纯饮茶”。不过，店铺数量只有西式酒馆的三分之一左右。旧制高中的学生和大学生在里面探讨文化与艺术。这种精神一直传承到了战后，出现了以唱片鉴赏为目的的“名曲饮茶”，成为年轻人民主运动一环的“歌声饮茶”也盛行一时。这些都汲取了文化沙龙的旨趣。尤其是在平民很难买到唱片的时代，咖啡馆为人们提供了鉴赏音乐的场所。

昭和五十年代开始，“Doutor Coffee”等自助服务的店铺增加，原本意义上的咖啡馆消失了。当然背后有追求合理、便捷的原因，在高速运转的社会中，人们逐渐失去了生活的从容姿态。

学生们和咖啡馆老板聊着青春时日、恋爱烦恼等话题的场景，经常被写入昭和时代的歌曲中。现在，咖啡馆已经不再是那种谈论人生的场所了。

可以进行交谈、喝喝咖啡的空间

Data
【费用】品牌咖啡 30 钱，法式咖啡 70 钱，哥伦比亚咖啡50钱，红茶15钱，可可15钱(昭和11年，银座“耕一路”)
＊一般咖啡店里的咖啡价格为 10 钱
【店铺数量】154630 家（昭和 56 年），81042 家（平成 18 年）

青春歌曲的舞台

咖啡馆经常出现在歌唱青春的歌曲中，是青春的象征。在《学生街的咖啡馆》(GARD)、《咖啡店里》(安倍静江) 这些歌曲中，咖啡馆是学生运动之后学生们讨论生活方式的场所。

参考文献:《昭和：二万日的全记录 第 4 卷 通往战争之路》，讲谈社，1989 年。

西式酒馆

关东大地震后，一部分西洋风格的咖啡店拓宽了女服务员的服务范围。昭和十年代后，出现陪酒的女服务员。为了与原来的咖啡馆区别开，也称作“新兴饮茶”。

咖啡馆从大正时期到昭和初期被称作西式酒馆，有段风俗化的时期。明治末年开业的“Café Lion”里，身穿围裙的女服务生非常受欢迎，生意逐渐兴盛。其特征是在和服外穿围裙。关东大地震的第二年在银座开业的“Café Tiger”，女服务员的化妆和着装都非常艳丽，在客人的身边提供陪酒服务。自此，咖啡馆远离了本来面貌，渐渐向风俗化发展。

昭和三年，女服务员可以提供性服务的大阪系大型西式酒馆（“UNION”“赤玉”等）开始进军东京，引发热议，并普及到全日本。这种类型的咖啡馆被称作“新兴饮茶”“特殊饮茶”，或将 café 的发音拉长一拍，成了特殊餐饮店的代名词。

昭和四年，单单银座的主要街道就有五十家西式酒馆，可喝酒的有三十七家。

对谋生计的女服务员来说，这份工作的魅力是收入多。录用时不问学历，年龄多为十八九岁。有一些店会收小费，根据服务有时可拿到相当高的收入。弊病是上班时间达十二小时，工作到深夜，有时在客人的诱惑下，不得不大口喝下酒水，吞云吐雾。工作年数短，频频换工作的人也很多。有不少客人把这段时期称作“西式酒馆阶段”，也有男人明确表示，到酒馆就冲着“吻一下五十钱，摸一下一日元”的服务来的。昭和十三年，新兴饮茶和纯饮茶店的比例是九比一。

昭和初期，西式酒馆经常成为文学作品的舞台，谷崎润一郎的《痴人之爱》里就出现了女服务生直美的形象。永井荷风、广津和郎等也通过西式酒馆描写当时的世相。

西式酒馆迎来了鼎盛时期，不过因“扰乱风纪，谋取暴利”，有的店受到停业的处罚。当局于昭和四年四月在名古屋、同年九月在东京、十月在大阪实行监管，规定“只能营业到晚上十二点，限制女服务员的行为，明码定价”等。后来又有战时体制的规定，因此西式酒馆减少，原来的咖啡馆增加了。

Data

【女服务员人数】约 18000 人（昭和 5 ~ 6 年，东京），全国 6 万人（20 世纪 20 ~ 30 年代）

【店铺数量】约 7900 家（昭和 5 ~ 6 年，东京）

【月收入】30 ~ 50 日元（昭和 5 年，大阪），个别甚至超过 200 日元

飞舞在客人间的“夜蝶”们

昭和初期，女服务员被称作“夜蝶”，她们围着白色围裙，系着蝴蝶结，就像蝴蝶一样从一位客人这里飞到另一位客人那里，由此得名。

参考文献:《昭和: 二万日的全记录 第 3 卷 非常时期的日本》，讲谈社 ，1989 年。
《欢乐的王宫 西式酒馆》，收录于《近代庶民生活志 第 10 卷》，南博编，三一书房，1988 年。
《昭和: 二万日的全记录 第 1 卷 昭和的期待》，讲谈社 ，1989 年。
《女子职业调查》，载《妇人公论》1916 年 9 月号。

副食店

也称作“煮卖屋”，是光卖炖鱼、鱼糕等副食的餐饮店。主食由客人自己带来。行商、劳工等多在下榻处享用食物，城市里还有提供米饭的“一膳饭屋”。

副食店在大正时代最兴盛，是二战前常见的商店形态。

店里炖上鱼糕、鱼、蔬菜等，只卖副食。客人们自带米饭，在店内用餐。顾客多是从农村出来拉着马车卖薪柴等的劳动者，他们在店门口停下马用餐。因为卖炖煮的东西，也称作“煮卖屋”。另外还有兼卖酒的店，称作“煮卖茶屋”。

副食店诞生的契机是发生于江户时代的明历大火。整个街区都被大火烧毁，来自各地的劳动者来到这里参与重建街区的工作，所以在外用餐的需求就多了起来。

有通过行商贩卖的形式，也有开店贩卖的形式，后来店铺经营成为主流。这就是所谓的简易食堂，地方行商在途中走进副食店用餐的习俗依然存在，城市中有同时提供米饭的“一膳饭屋”的形式。东京、大阪、神户等地住在带米自炊小旅馆里打零工的劳动者，往往会带些自己的小菜，比如奈良渍腌萝卜、烤沙丁鱼头、炖青花鱼、烤鲑鱼，这些菜花费少，做法简单。店面狭小，只有九叠左右，天花板低矮，桌椅杂乱地堆在店里。到了饭点，劳动者一个挨着一个吃饭，店里十分嘈杂，餐具也实在称不上卫生。

进入昭和时代，副食店在地方上仍然存在，随着行商人数的减少，饭屋的形式也逐渐多元化，后来出现了大众餐厅，副食店随之消失。本质上和副食店同类的一膳饭屋，也在时代的洪流中被新形式的餐厅取代。

这些店是家庭餐厅等大众餐厅的原型。

Data

【费用】煮大豆海带、豆腐、3 条沙丁鱼、大葱甜醋味噌各 2 钱，炖青花鱼 6 钱，鱼糕 10 钱（大正时期，神户的一膳饭屋）

填饱参与重建工作的劳动者的肚子

副食店早在江户时代就已经出现，当时只卖年糕、团子之类。为了重建被明历大火烧毁的街区，打零工的劳动者齐聚到了江户，主要提供炖煮食品的店铺开始增多。

参考文献:《一膳饭屋的内容》，收录于《大正 · 昭和的风俗批判和社会探访——村岛归之著作选集　第 3 卷　劳动者的生活和“怠工”》，津金泽聪广、土屋礼子编，柏书房，2004 年。

牛奶馆

可以喝牛奶、吃面包的平民简餐餐厅。店里有报纸等，可以自由阅读。但随着牛奶铺的增加，购买牛奶变得方便多了，牛奶馆的数量也随之减少。

牛奶馆出现于明治三十二年，那时正是啤酒馆、舞蹈馆等一系列带有“馆”字的店铺不断出现的时候。

最早出现在早稻田大学附近，以学生为对象，提供牛奶、果酱面包、黄油面包等，这是牛奶馆最初的形态。那个时期，银座出现了咖啡馆，开始销售咖啡和蛋糕，但实在过于昂贵。牛奶馆和咖啡馆比起来，价格低廉。店铺内的玻璃窗上挂白色暖帘，桌椅简陋，非常平民化。当时的学生多在咖啡馆里争辩学问，手头不宽裕，就去牛奶馆，因此有时会被调侃：“不是咖啡馆，牛奶馆去吗？”即便如此，牛奶馆还是很快在学生间流行开来，是比粗点心店更加洋气的地方，昭和十年代甚至普及到了地方上。

牛奶馆是简便的休息和吃饭的场所，还可以免费阅读三四种报纸、杂志和官报。渐渐地，不单是学生，普通人也开始利用等火车的间隙在这里消磨时光。进了牛奶馆，店员会帮忙热牛奶、加糖，还可以阅读报纸、杂志，所以比牛奶铺的配送服务更受欢迎。

东京的神田、本乡、小石川、芝等地的高中、大学附近都有牛奶馆。店里有年轻女服务员和一位厨师，有时是一对夫妻。墙上挂着电影海报，店内摆了几张大桌子，桌前摆着椅子，也配有包厢，形式各样。面积一般为两坪到五坪左右，并不算大。店家还下了各种功夫，如为避免蓄着胡须的人喝牛奶时弄湿胡须，特意在杯子上罩隔离胡须的金属网，成为笑谈。

昭和十年代之后，咖啡馆增多，牛奶馆随之衰落。二战后的物资管制时代很难弄到牛奶，人们喝起了美军转手的奶粉，牛奶馆就此消失在大家的视线中。

Data
【价格】泽西牛奶 5 钱，纯良牛奶 4 钱，鸡蛋牛奶 8 钱，可可 7 钱，果酱面包／黄油面包 5 钱，巧克力 7 钱（大正初期，东京）

简便而美味的简易餐厅

牛奶的种类各式各样，如加鸡蛋的牛奶、冰牛奶、奶昔等，当时都是新颖的饮品。除面包之外，还有蛋糕等西式糕点，可以享用简餐。

参考文献:《独立营业导引 第 3 编》，石井研究著，博文馆，1913 年。

昭和职人之声

让我们听听那些还在从事昭和时代行当的人们的声音。通过这些声音，可以清楚地了解昭和时代人们的职业观，以及那时的工作究竟是怎样的。

澡堂搓背工橘秀雪

平成二十二年，东京唯一的澡堂搓背工人橘秀雪已经七十二岁。橘出生于富山县，兄弟姐妹一共五人，初中毕业后就不得不开始工作。

“跟着前辈学习搓背，一点也不紧张。因为手巧，很快就学会了擦洗的方法。那时候的盼头就是正月或盂兰盆节，可以回到乡下见见父母和朋友。在夜行列车的地板上铺几张报纸，吃鳟鱼寿司是最棒的享受。”

向橘询问工作的意义，他回答道：

“我不觉得搓背的工作很辛苦。工作是理所应当的事，根本没想过什么快乐不快乐。现在的年轻人一遇到什么辛苦的事情，马上就跑开。但我从小就认为不管发生什么都得好好干，因为我只会干这份工作。就算不喜欢，也不觉得辛苦。”

细木器匠人角义行

大川市位于横穿九州的大河筑后川的下游，那里有位已工作六十年的细木器匠人角义行。他主要制作门、拉门、隔扇、格窗等房屋配件，是位拥有专业技术的工匠。

“我立志要做门窗是因为婶婶开了家门窗铺子，父亲也建议说‘好好学技艺总能吃上饭’，于是我初中毕业后马上拜师当学徒。那是昭和二十四五年的事情。在

我们的世界，有个词叫分工合作。要做防雨板，就有专门做这个的人。让他做防雨板肯定很棒，但要是让他做拉窗，就有点那什么了。擅长做窗棂的人，做大山门的门扉就有点……另外辨别不同领域的材料也并非易事，太专业了。反过来，即使有不同领域的经验，也只是习得了表面的知识。

“我在制作门窗方面是比较专业的。窗框略微会一些，也会做拉门、格窗等。我既做家里用的各种东西，也做神社佛堂用的。幸运的是，我觉得自己做出来的东西都非常契合那些地方。”

现在由住宅建造师来搭建房子，所以门窗也做成统一规格的标准件。

“我们制作各种各样的东西，积累了不同的经验，所以不会卷入同业者的流派。要是妥协了，那就是失败。门窗是房屋的一部分，差一两毫米也不行。尺寸如果不测量精准就会失败。那种深层次的技术，我现在还没有完全掌握。”

瓦匠涩田良一

筑后川的下游是瓦的产地。在福冈县久留米市制作“城岛瓦”的涩田良一是位技艺高超的匠人，他在这条道路上坚持了五十年。他是这样讲述职人精神的：

“我们家是整个家族一起工作。我出生在瓦匠家庭，所以觉得自己只能靠做瓦生存下去，并带着这份精神一直干到现在。与其说这是什么职人精神，其实更像习惯。我觉得这是份非常辛苦的工作。

“我们家从父亲那代开始已经做了九十年的瓦，岛原、长崎都有我们家生产的瓦，大分也有。温泉旅馆的屋顶和围墙上也有我们家的瓦。孩子们去长崎玩，回来告诉我‘那边有咱们家的瓦’，能留下这样的痕迹，让人很开心。这是和经营、投资等职业不一样的地方。也有人觉得挣到钱就开心。我还是喜欢自己劳动赚钱，虽然赚不了大钱。比如施工的时候，是抱着胳膊不干活的人挣到钱了呢，还是挥汗劳动的人获得了财富呢？（笑）制作东西的人的喜悦，是因为物品能留存下来而体会到的骄傲。即便我死了，瓦也会留下来。（笑）通过劳动生产出来的瓦会永远发挥作用。”

一言以蔽之，所谓“昭和的行当”种类各异。从事这些工作的人即便默默无闻，也在辛勤劳动中体会着充实的感觉。我们经常在学校听到职业教育、选择与自己能力匹配的职业等说法，但是我觉得首先应该告诉学生们，工作的第一要义是身体力行，不吝惜自己的汗水。

三明治人

身体前后都挂上海报或商品的宣传广告，在街上和商店门口进行颇有喜剧色彩的宣传的人，身体如三明治般被广告牌夹在中间，由此得名。

街头广告业的一种，在第二次世界大战以后普及到全日本。先是在银座出现模仿喜剧演员卓别林的三明治人，从而风靡一时。他们佩戴着标语牌，在客人面前诙谐地表演。从二战前到二战后，有几位人称“银座卓别林”的三明治人。其中一位是洗衣铺的工人，天暗下来就在资生堂的拐角处吹口琴。还有一位是深川的前收音机工人牧纯信。昭和初期只能依靠广告宣传队或在报纸中夹入广告宣传。牧在鼻子下面蓄着小胡子，神似卓别林。他打扮成卓别林在《摩登时代》里的形象，拿着自己店里的招牌走出去，马上就会围起人墙。昭和八年，牧成为三明治人，二战后成立了“牧卓别林宣传广告公司”，雇用了男女各五十位三明治人。

三明治人要开展活动，只要向辖区的警署递交道路使用许可证申请就可以。标语牌怎么拿，怎么走，招揽客人的方法等，实地训练一下就能独当一面。有人在脚上绑高跷，居高临下地进行宣传，也有人一边跳舞一边展示标语牌，像傀儡木偶似的前后左右摆动，方法各式各样。头戴灰软帽、身穿细条纹西服的装扮也非常引人注目。昭和二十三年，前海军大将、联合舰队司令长官高桥三吉的二儿子高桥健二在银座做三明治人，广为人知。如果说电视宣传是以大众为对象，那么三明治人就是店头的导购员。

昭和二十三年，三明治人不仅在后背上挂广告，还出现了背着一斗装水桶的人。水顺着管子流到鞋底的毛毡活字上，一边走，左脚一边在地上印出鲜明的广告路标，右脚则在路上留下电影名字等印迹，因此被称作“路标”。

后来随着青蛙小哥、牛奶妹等卡通形象的出现，三明治人逐渐歇业了。

Data

【日薪】7 钱（昭和 8 年）/ 3000 ~ 4000 日元（昭和 25 年）

【人数】500 人（昭和 30 年代，东京）

街头小丑的写照

“戴着圆框眼镜，穿着燕尾服，一哭起来燕子也会笑。在眼泪流出的瞬间抬头看天空……我们是街头小丑，依靠傻子般的笑容又度过了今天。”昭和 28 年流行的歌曲《街头的三明治人》（鹤田浩二）的歌词贴切地表达了三明治人的心情。

参考文献：《小丑的独白：十二月 · 繁华街区的忧郁》，《朝日周刊》，1948 年 12 月 5 日。
《“银座卓别林”在这里——“三明治人的人生”三十年的喜乐悲欢》，《周刊 Sunday》，1961 年 8 月 7 日。

广告宣传队

街头宣传从业者，常常一齐敲击钲和太鼓，发出“叮咚”的声音，又称“叮咚屋”，在关西也称“东西屋”。

弹子店重新开业和商店街岁末大减价之际，都能见到广告宣传队的身影。一般是两位男子和一位女子，一副走街串巷的打扮，他们一边吹单簧管、演奏三味线、敲击太鼓，一边呈S形缓步前行。乐器有时是太鼓和萨克斯管，女子是明治时代的洋装打扮，伴随着杂乱的弹子店音乐，充满了活力和人情味。

其历史非常久远，明治二十二年前后，关西已经成立职业的广告宣传队。那时因广告词“东西东西，汇集最好货品的蔬菜店就在附近开业啦”，而得名“东西屋”。在东京也称作“叮咚屋”，但业内略称为“咚屋”。

这份工作对外行来说相当困难，从业者多为失业的马戏团演员。进入昭和时代，二战之前走街串巷的咚屋增多了。随着电影流行，许多巡回演出的演员也加入其中。到了有声电影时代，失业的无声电影解说员、音乐演奏员也加入了他们的队伍。有时还有歌舞伎的旦角弹奏三味线。第二次世界大战后，因为特需采购，经济繁荣起来，为了加大宣传力度，从业人员也增加了。昭和三十年代，广告宣传队从业者达到了两千五百人。那时，十五人左右组成一队，演出费以音乐演奏者最高。演奏是非常辛苦的活计，也是咚屋吸引他人的门面。

昭和二十年代，在车身打上广告的宣传车行驶在街头，成了广告宣传队的劲敌。随着四十年代电视机的普及，宣传形式更加多样化，广告宣传队也减少了。昭和五十年代前半期，东京还有近一百人，不过因为人数减少，无法组成队伍，多数是三人出动。

据说现在，专业的广告宣传队在日本只有六十人左右。另一方面，年轻人开始对广告宣传队感兴趣，有志成为音乐家、演员的人开始将广告宣传队作为学习的场所。他们用小号、萨克斯管演奏披头士的歌曲，引入各种时尚元素。

Data
【人数】全国 2500 人（昭和 30 年代）
【日薪】女性 2 日元 50 钱，男性吹奏单簧管 3 日元 50 钱，发传单 1 ~ 2 日元

乐器就是名字的由来

广告宣传队又称“叮咚屋”，它的名字来源于下面是太鼓，上面是钲的组合乐器。宣传队员将乐器抱在胸前，轮流敲击太鼓和钲，发出“叮咚”的声音，由此得名。

参考文献:《近代庶民生活志 第 7 卷》，南博编，三一书房，1987 年。
《广告宣传队 毁灭的美学》，藤井宗哲，载《月刊 pen》1977 年 5 月号。
《下町的民俗学》，加太浩二著，PHP 研究所，1980 年。
《昭和: 二万日的全记录 第 9 卷 独立——冷战的低迷期》，讲谈社，1989 年。
《昭和: 二万日的全记录 第 2 卷 燃起战火》，讲谈社，1989 年。

澡堂搓背工人

是澡堂的男仆，白天收集薪柴等烧洗澡水的木材，调节热水温度，打扫澡堂，傍晚负责看管客人的鞋子，也帮客人擦洗后背。尤其为烧锅炉、调节热水、柜台业务这三项澡堂的主要工作提供协助，因此又称“三助”。

江户时代，三助是用人的通称，到了享保年间专指澡堂的男仆。尤以出生于富山县和新潟县的人居多，先收集薪柴、看管客人的鞋子，积累打下手的经验，然后开始烧锅炉，帮客人擦洗后背。独立出师需要花十年时间，也有人后来成为领班，坐上柜台，再经过多年积累成为澡堂的经营者。

搓背工人每天首先要准备烧洗澡水的燃料。收集薪柴非常辛苦。昭和三十年代用煤烧热水，烧剩下的煤渣要拿去填马路的水洼。到了下午便烧热水，然后打扫澡堂。其中打扫澡堂是最关键的工作。

对澡堂工人来说，擦背本来只是临时的活儿。从前辈那里学习后背的擦洗方法，只要干好这个，就能从客人手里收到钱。当时一家澡堂有三四个工人，而现在澡堂步入了电气化，工人的工作也变得轻松了。

平成二十一年，东京东日暮里的“齐藤屋”里有都内唯一的澡堂工人，名叫橘秀雪。他当时七十二岁，出生于富山县冰见市，也帮人擦背。

在柜台处，除了支付澡堂费用外还要支付四百日元的擦背费，然后拿到木牌。橘身穿藏青色泳衣，在硬硬的毛巾上打上肥皂，擦洗客人的胳膊、两肩、后背，洗完后帮客人按摩脖子、头部、腰和手。

这十年间，擦背工人已经从东京消失了。昭和三十年代，要擦洗后背的客人每天有四五十人。

澡堂的鼎盛时期是昭和二十年代到三十年代之间，每天有一千多位客人。但是随着家庭安装浴室，公寓也配备浴室后，去澡堂的人自然而然地减少了。现在每月有四五家澡堂停业。那些辛苦工作、期待有朝一日成为澡堂主人的搓背工人的愿望也纷纷落空。平成二十七年，橘也引退了，搓背工人从此消失在了历史中。

Data

【澡堂数量】约 4000 家（昭和 30 年代，东京）

【搓背工人人数】昭和 30 年代，平均 1 家澡堂有 3 ~ 4 人；平成 12 年，全国仅剩 1 人

【搓背费】400 日元（平成 22 年）

搓背工人的“三项”工作

搓背工人擦背给人留下了深刻的印象，但这其实不是他们原本的工作。他们的工作主要是辅助烧锅炉、调节水温、柜台业务这三项，所以也称“三助”，此外还要帮忙干澡堂里的各种活儿。在擦背的时候，也会进行按摩。

参考文献：《昭和的工作》，泽宫优著，弦书房，2010 年。

无声电影解说员

大正时代到昭和初期，无声电影放映时，解说员站在银幕一侧，讲述出场人物的台词和故事。电影又称作“活动写真”，所以解说员又称“活动解说员”。

日本的电影（无声电影）进入大众视线是明治二十九年以后的事，在大正时代达到鼎盛。无声电影解说员不仅要配合电影画面讲述台词，还要符合每个人物的音色，推进故事情节的台词（现在所说的旁白）也要流畅地念出，在观众享受画面魅力的同时，通过高超的技艺将观众带入电影中。当时无声电影被称作活动写真，除了解说员，还有演奏音乐的乐师。在日本传统的演艺中有浪曲、净琉璃、歌舞伎等利用叙述方式表演的形式，当时的电影也属于这个领域。从无声电影解说员的含义出发，还可以称呼他们为活动写真解说员、活动解说员、活解说员。

无声电影解说员活跃的场所很广泛，各家影院都有自己出名的解说员。

从美国引进有声电影之后，解说员这一行遭到了巨大的冲击。昭和四年，美国的有声电影开始上映。那时解说员还有把英语台词配成日语的工作，但昭和六年上映的《摩洛哥》直接配有日语字幕，解说员们再次受到巨大冲击。昭和七年，松竹公司制作了日本第一部有声电影《太太和妻子》。虽然还在继续制作无声电影，但已配上音乐。到了昭和十年代，有声电影成为主流，无声电影解说员失去了工作机会。昭和七年四月，东京浅草的电影院二馆里贴出通知，解雇十名解说员。之后，东京、大阪、京都、神户等地接连有解说员和乐师罢工，要求撤回解雇通知。另一方面，失去舞台的解说员或者去地方上还在播放无声电影的影院，或者改行做纸芝居、广告宣传队，努力发挥自己的技艺。

现在，还以无声电影解说员的身份活跃的泽登翠是为数不多的解说员之一，他不仅活跃在日本，还驰名海外。无声电影尚有不少上映的机会，因而还有人继续干解说员这一行。

Data

【无声电影解说员人数】全国 7576 人（昭和元年），1295 人（昭和 14 年）

曾是无声电影解说员的名人

有些名人曾是无声电影解说员，比如以漫谈家、演员身份活跃的德川梦声，曾是新宿武藏野馆的解说员。牧野周一是德川梦声的弟子，后来成为漫谈家。

参考文献:《被剥夺生计的解说员们》，收录于《昭和：二万日的全记录 第 3 卷 非常时期的日本》，讲谈社，1989 年。

《昭和的工作》，泽宫优著，弦书房，2010 年。

奏乐乞讨艺人

在别人家门口演奏求取钱财的艺人，如正月里的狮子舞、耍猴戏、财神舞，立春前一日的撒豆驱魔，岁末的念佛经手敲葫芦的舞蹈等。日本人自古就认为，神灵们会扮成艺人模样挨家挨户送上祝福。奏乐乞讨正是来源于此。

这些人挨家挨户奏乐表演，因为是站在门边进行，因此得名。[①]其来源于神灵挨家挨户给予祝福的民间信仰，自中世以来就是日本的传统。中世的声闻师念经、曲舞、占卜，这种咒术性的技艺便是这一行的根源。身为神灵的代理人，流浪艺人巡回表演,祝愿人们长寿。因多为带有咒术性质的技艺,即便是乞丐的表演，人们也不会轻视。

“恭喜您，祝福您，祈祷幸福，长命百岁。”

正月初一或正月十五前后，奏乐乞讨艺人来到各家门口，说着这些祝福的话。他们也被称作街头艺人。如今高声祝福的情形已经越来越少了，但这种光景在二战前随处可见。一般是两三人站在门前，唱祝福歌：“祝福新的一年更好。”然后开始表演，除了祈愿长寿，还表演财神舞、福神舞、春驹、猴戏等。

“财神大黑天踩着一袋米，嘻嘻笑。”

这是财神舞的开场白，艺人装扮成财神大黑天的模样，挥舞着小木槌跳舞。

立春前一日表演除魔舞，岁末则表演岁暮舞、念佛经手敲葫芦的舞蹈、狐舞等。另外，傀儡戏艺人、普化僧、声闻师、女大夫等会不分季节地上门。还有沿街弹琵琶的琵琶法师、边弹三味线边唱盲女歌的盲女等视力有缺陷的人进行表演。

起初，上门奏乐乞讨需有上门拜访的技能，属于行商。以前的日本，表演歌舞伎等的剧场和演出小屋前都是他们表演的场所。狮子舞、普化僧的形象，在昭和四十年代前半期还能见到。那个时期恰好是电视的全盛期，随着电视的兴起，挨家挨户奏乐乞讨的艺人减少了。正月里通过电视播放传统艺能表演，奏乐表演从此不在门口，而是在客厅展现了。现在只有在祭祀等场合才能看到那些艺人。

①奏乐乞讨艺人在日语中称为“门边艺人”。

Data

【收入】主要是赏钱。巡演一天收入16000日元（昭和46年）

有些地方更欢迎奏乐乞讨的艺人，在镰仓的收入比浅草要高一倍

挨家挨户奏乐乞讨的盲女。一个弹着三味线，一个唱盲女歌。眼睛好的那位负责带路，拉着看不见路的另一位挨家挨户地转。表演结束后，有时会受到主人的招待，喝点茶水。

卖唱歌手也是奏乐乞讨艺人

二战后，酒馆街上出现了弹吉他、拉手风琴来维持生计的流浪歌手。在新宿黄金街也能见到他们。他们也是奏乐乞讨艺人，只是偏离了神灵造访送祝福的本义。

参考文献:《日本的流浪艺术 原创版》，小泽昭一著，岩波文库，2006年。
《旅行艺人的风景：游历·流浪·渡世》，冲浦和光著，文春新书，2007年。

纸芝居屋

傍晚时分，他们敲着梆子来到神社和广场上，自行车后座堆着纸芝居的箱子，其表演深受孩子们的喜爱，同时也卖糖果点心。

纸芝居是在昭和初期普及到全日本的，孩子们喜欢它的原因和有声电影的出现有关。在那之前只有称作“活动写真”的无声电影，随着昭和四年有声电影出现并成为主流后，无声电影几乎不再制作了。因此为无声电影讲述故事、配台词的解说员大量失业。他们充分利用自己解说故事和模仿人物说话的能力，转行做了纸芝居屋，一下子让孩子们迷上了这一行。

无声电影解说员本就擅长演绎台词，能分别表现出女声、男声等不同出场人物的声音，演绎喜怒哀乐也非常精彩，很快就受到孩子们的喜爱。据说昭和十二年，纸芝居屋从业者在日本多达三万人。那时最受欢迎的作品是《黄金球棒》。第二次世界大战愈发激烈，行商性质的纸芝居屋一时衰落，随着战争的结束又复活了。到了昭和三十年代后半期，电视逐渐普及，孩子们开始看电视里播的《月光假面》等节目，慢慢兴起的怪兽热和动漫热使得纸芝居屋失业了。

纸芝居屋在自行车后座上拉着纸芝居的箱子，骑车来到做生意的地方，吹起军号，敲起梆子，等着孩子们围过来。地方多选在神社和住宅区的广场。如果遇到下雨，就换到神社的屋檐下或人家的仓库里。

演出节目包括两部作品，一般是严肃的故事和漫画故事。有时会讲一个完整的故事，有时为了引起孩子们的兴趣，会在系列故事达到高潮前，留下一句“明日继续”就结束。

从昭和四十年代开始，下午五点会播放面向孩子们的电视节目，纸芝居就在四点左右开始表演，和电视共存。他们的信条是“不想输给电视”。他们有很高的职业意识，台词功底丝毫不输演员。现在，专职的纸芝居屋几乎见不到了，不过庙会时作为一种趣味演出，还可以看到他们为孩子们表演的情景。

Data

【费用】纸芝居 10 日元，麦芽糖 10 日元，海带 10 日元（昭和 40 年代，熊本）

昭和初期只要购买 1 钱的糖就可以看表演

有名的纸芝居作品

纸芝居的故事曾经有一段时期由著名漫画家来创作。著名的田河水泡的《黑野狗》、因电视动漫风靡一时的《黄金球棒》最初都是以纸芝居的形式表演。

参考文献:《昭和：二万日的全记录 第 3 卷 非常时期的日本》，讲谈社，1989 年。
《昭和的工作》，泽宫优著，弦书房，2010 年。

明娼

即妓女。昭和三十一年日本通过卖春防止法，两年后开始施行，明娼被废止。另外，未经政府批准的妓女被称为私娼。

明治以来，日本政府虽多次提出禁止卖淫，但另一方面又默认它的存在。多数卖淫采取“游郭”的形式。东京的吉原、洲崎，京都的岛原，大阪的飞田，熊本的二本木等都是著名的地方。熊本二本木的“东云楼”因昭和三十三年明娼对楼主发起罢工而闻名。昭和二十一年一月，按照驻日盟军总司令部备忘录，游郭被废止，但出现了以占领军士兵为服务对象的特殊营业，而且为了应对二战后的性风俗乱象，政府指定了具体的区域，明娼就这样保留了下来。

有明娼的地域在行政划分上用红线标出，由此诞生了“红线”一词。另外，夜总会、酒吧等餐饮店悄悄进行卖淫的用蓝线标识，称之为“蓝线”。以新宿二丁目为中心，并列画着红线和蓝线。日本全国都有游郭，游女与客人之间的恋爱故事成为歌舞伎和净琉璃的绝佳素材，衍生出许多文学作品。

游郭从顶级店到大众店都有，顶级店里的娼妓富有教养，可以接待政治家、文化人士等，外语水平也很高。在熊本二本木游郭，每个娼妓都有英文名字，楼主送她们去上英文学校，店里播放古典音乐，可以跳舞，是文化社交场所。后来，社交场所的氛围淡化，成为单纯的卖春场所。

七成娼妓是因为经济上的窘迫，少女时代就以契约劳工形式被卖到游郭，先是打杂跑腿，到了年纪再成为娼妓。也有很多女性是在丈夫死后进入游郭的，还有人是为了补贴孩子的生活而来。以吉原游郭为例，多数女孩是来自山形、茨城、新潟、群马、秋田等东北地区的贫农。被卖到游郭的她们不可能偿还安家费，只能在这里待上一辈子。年龄再大一点的时候，也做揽客的宣传员、游郭的女招待等。

随着矫风会等发起的废娼运动，昭和三十三年卖春防止法开始施行，游郭消失了。现在地方上还能见到二楼带有格子门痕迹的建筑物。

Data
【费用】按钟点 1000 ~ 3000 日元，住宿 1000 ~ 3000 日元（昭和 30 年，大阪飞田）
【娼妓的收入】一位客人 2 日元 12 钱，不过 1 日元 27 钱需偿还借款，实际收入为 85 钱（大正 14 年东京的平均水平）

娼妓的罢工

“看流水生活，东云的罢工”，这是明治 33 年流行一时的东云小调中的一节。熊本二本木的著名游郭东云楼，约有四十位娼妓为追求自由歇业发起罢工，拒绝拉客，固守在楼里，主张女性自立，是一次轰动社会的事件。也有一种说法，认为发起罢工的是名古屋的游郭。

参考文献:《卖春妇论考：卖笑的变迁和现状》，道家斋一郎著，史志出版社，1928 年。

负伤军人的街头演奏

在战场上负伤后失去劳动力的退伍兵站在街角，吹奏口琴或演奏手风琴，从路人手里获取金钱。最初都是真正的退伍兵，后来多数是假装成退伍兵的失业人员。

负伤军人在明治时代称作“残废军人”，大正六年依据军事救护法改为“伤病军人”，从昭和六年开始使用“负伤军人”的称呼。

第二次世界大战中，在战场上受伤、失明、失去手脚而回到家乡的士兵都被称作“负伤军人”，政府给予那些有资产的负伤军人售卖邮票、烟草等的经营权。昭和十四年，当时的厚生省设置了名为军事保护院的直属团体，给予负伤军人抚恤金、烟草和邮票等的零售优先权，为他们回归社会提供支持。昭和十七年设立特殊法人“负伤军人奉公财团”，进一步提供支援。但是，随着日本无条件投降，签订和平条约后，这些优待条件就被取消了，复兴援助活动也无法再继续，他们就这样被抛弃了。

不知什么时候开始，这些负伤军人穿上木棉白大衣（陆海军医院的住院服）干起了跑江湖的买卖，或在电车中拿着募捐盒，求得乘客的怜悯，或站在观光客和行人多的地方拉手风琴，演奏军歌和悲伤的歌曲，向过路人求取钱财。

其他失业人员发现这样可以挣钱之后，也迅速加入其中，站到街角，觉得只要穿上负伤军人的木棉白大衣就能挣到生活费。

即便到了昭和五十年代，依然能经常看到负伤军人演奏的光景。地方上有很多在新年参拜时十分热闹的神社、寺庙。五十岁左右的士兵们戴着军帽，穿着白大衣，拉着手风琴，演奏着《码头上的母亲》。有的人失去一条腿，拄着拐杖，也有人眼睛不好戴着墨镜。很多人看到这种光景，纷纷解囊。

到了昭和六十年代，东京新宿的铁桥下还能看到吹口琴的负伤军人，但是年龄怎么看都不到三十五。推算他上战场的年龄，也未免太年轻了。进入平成时代，连他们的身影也见不到了。

Data

【日薪】看客人的香资而定，新年参拜、客人多的正月里，只要站在神社里就收入不菲

负伤军人的自尊

战时也有站在街角的负伤军人。虽然有国家的支援，却生活得很贫困。但他们和乞丐有明显的不同。上前一问，他们回答说："我只是武运不济，才成了这样。"

参考文献：《昭和：二万日的全记录 第10卷 电视时代的开幕》，讲谈社，1990年。
《日本风俗史事典》，日本风俗史学会编，弘文堂，1979年。

劲踏踏乐队

以军队为原型成立的民间乐队，其特点为敲奏太鼓，发出连续的“劲踏踏”的鼓声，主要目的是为了宣传。代表曲目《天然之美》因被马戏团演奏流行开来。

劲踏踏乐队是以明治时代的军乐队为原型的民间乐队，由十至三十名演奏者组成，主要进行广告宣传。起源是明治十六年鹿鸣馆建成后，政府推进欧美化路线，民间从业者考虑要推广西洋音乐，召集军乐队的退役人员组建了市内音乐队。劲踏踏乐队承担着普及大众不熟悉的西洋音乐的作用。最初他们在游园会、运动会以及其他活动上演奏，后来也为商店进行广告宣传。

明治二十年，“东京市音乐队”“神户市音乐队”相继成立。被战争激发的高涨情绪使得劲踏踏乐队大量增加。随着军乐队的兴盛发展，活动场所从集会上的演奏转向了宣传。

他们演奏的代表曲目是《天然之美》。这首歌曲在明治三十八年由田中穗积作曲，带有华尔兹风格，经常在高等女校演唱。之后，随着劲踏踏乐队在马戏团、电影院里演奏，这首曲子变得越发普及。

大正时代到昭和初期，劲踏踏乐队主要活跃于电影院和马戏团剧场。马戏团要招揽顾客，所以演奏通俗歌曲，拉近与观众之间的距离。而以无声电影为主的电影院里，解说员站在银幕一侧说台词，另一侧则是进行音乐伴奏的劲踏踏乐队的位置。解说员在劲踏踏乐队的伴奏下说着台词。在一贯以演奏日本大众音乐为主的电影院里，一出现伴随着钢琴、单簧管、小号等的西洋音乐，就会增加戏剧效果。

遇到时代剧的武打场面，便用力敲奏太鼓，加快节奏。遇上悲伤的分别场景，则静静地演奏低沉的旋律，诱引观众的眼泪。劲踏踏乐队对电影来说是非常重要的，但从昭和十年开始，有声电影成为主流，劲踏踏乐队逐渐消失了身影。

劲踏踏乐队以吹奏乐为中心，但后来随着小提琴的普及，宣传广告的演奏被广告宣传队取代了，很多乐队成员转而去了广告宣传队。

在马戏团里演奏的劲踏踏乐队。他们演奏的《天然之美》的旋律成了马戏团的标志音乐。

“劲踏踏”的由来

为了宣传广告在街道上巡回时，乐队多演奏进行曲和舞曲等有节奏的曲子。因为敲奏大太鼓、小太鼓“劲踏、劲踏”“劲踏踏”地响，不知什么时候就有了劲踏踏乐队的名称。代表曲目《天然之美》也因富有节奏感的旋律被称作“劲踏”。

参考文献:《下町的民俗学》，加太浩二著，PHP 研究所，1980 年。

街头评书人

又称十字路口评书，是在路旁等地说评书、讲述军事传奇等，从往来的听众手里获取报酬的工作，属于街头艺人、街头表演的一种。

街头评书人属于街头艺人，原指在街头、路边、马路、寺庙的参道、热闹场所等人群聚集处，开讲《太平记》等军事传奇或说评书获取报酬的工作。这与上门奏乐乞讨不一样，但也有身兼两职的说书先生。江户时代，浪人们感慨时世，对历史故事尤其是《太平记》进行注释，有张有弛地进行朗读，对社会进行批判。街头评书就始于这里。

在十字路口讲评书，行人大量聚集时，会用席子和竹帘围起来搭建简易的台子（也称“开台”）。跑江湖的人归拢在一起，因为人们都集中在这里，于是称作“聚所”。神田就有叫锦亭的评书场所。

到了明治时代，评书又称作说书，由此诞生了伊藤痴游开创的政治说书。甚至还有说书人出书，虽然文学性不够，只是将说书先生的话语以文字的形式表现出来。说书人手拿纸扇，坐在讲台前，扇子伴着节奏敲打讲台，吸引观众。

另一方面，作为街头表演的评书还在继续发展，挨家挨户上门奏乐乞讨的街头卖唱也继续存在。他们在当时的贫民街区芝新网（现在的滨松町）、四谷天龙寺的门前讲评书，虽然受到普通人的蔑视，但通过向下层百姓讲述历史，起到了传播知识的作用。著名的说书先生有二世松林伯圆、三世神田伯山、六世一龙斋贞山等。

昭和初期，收音机还没有普及到一般家庭，百姓非常贫穷，花一钱、两钱就能听故事的街头评书是孩子和大人的一种享受。还有一个优点就是不用花钱买书来看。但是因第二次世界大战战败，驻日盟军禁止评书中出现复仇故事、武士故事，对说书先生来说，那是一段艰难的时期。

现代社会里，说书在曲艺场表演，几乎见不到站在十字路口的评书人了。随着电视机的普及，漫才等其他演艺形式日益流行，评书逐渐衰退，偶尔才出现在舞台。

与落语魅力不同的评书

评书有和谈故事《加贺骚动》、复仇故事《伊贺水月》、侠客故事《清水次郎长传》等，种类丰富。落语是以对话为主体推进故事，而评书是靠故事吸引听众的兴趣，因此在讲故事时更加注重趣味性，这是最大的不同。

参考文献：《自传的评书论：深究站在歧路上的评书界》，邑井操，载《思想的科学》1961 年 12 月号。
《评书界的过去与未来》，细川风谷，载《新小说》1909 年 4 月号。
《日本的下层社会》，横山源之助著，岩波文库，1949 年。

拉洋片

一种通过放在简易舞台上的箱中小孔，欣赏内部移动的画片的娱乐活动。解说员结合画片移动，站在一旁讲述故事和台词，在庙会上尤为多见。

据说“拉洋片”的原型是寺庙里一边向信众展示画卷，一边讲述佛教传说的“画卷讲解”。江户时代的享保年间，西洋传来透视画法，诞生了把画卷置于可移动的屋台上，通过外面的小孔观看画片的娱乐。

小孔上嵌有观察镜片。最初出现一张画片，后来还有好几张画片，依次移动，描绘出一个故事（一出戏、一段净琉璃、一场犯罪事件等）。这就称作“拉洋片”。到了明治时代，随着煤油灯、电灯的出现，画片变得立体化，在技术上取得了很大进步。画片变成贴画，为了丰富人物的脸部表情，还贴上布让脸鼓起来，把玻璃球对半切开，细细上色做出眼球。那时，姬路贴画第一人宫泽由吉曾画过色彩鲜艳的画片。大正初期，请贴画家画上一幅，按当时的价格需花费三百日元。大正时代普及到了全日本，那时观察镜片变成了放大镜，景象会浮起来，有种身临其境的感觉。简易舞台左右两侧各站一位解说员，一边唱歌一边讲故事。不同的内容有着独特的曲调，因为地域之别，分关东调、名古屋调、关西调。解说员大多并非专业人员，而是在农闲时从事副业。

祭祀等节日的时候经常可以看到拉洋片。六张画片，每次演三四分钟，一天可以演出十二三回。解说员有时需要一连讲上八小时。从昭和年代到二战前，拉洋片仍是大众娱乐，是庙会上的经典项目。但是随着电影等的出现，拉洋片的地位越来越低，一般只在庙会时才能见到。

现在，大阪府丰中市、北九州市等地还保留着拉洋片的舞台，新潟市为了传承，专门开设培养解说员和搭建人员的讲习会。新潟市卷乡土资料馆里的舞台高三点三米，宽三点五米，有二十四个镜片，是日本唯一可以实际演出的舞台。

Data

【费用】5 钱（大正末期至昭和初期），10 钱（二战前）

＊昭和初期，看洋片的费用是 1 钱（买了 1 钱的糖就免费）

一看就入迷了

拉洋片中的“名片”

《幽灵继母》、《蔬菜店阿七》、忠臣藏的《萱野三平物语》、《空海物语》等非常有名。《地狱·极乐》口述内容中有这样一段词：“从人世落下的亡者来到阎王面前，双手伏地请求，请让我过去吧，阎王。不管他哀求多少次，阎王也不理，做过小偷的人被双面镜照出，火车从地狱的深处缓缓驶来。”

参考文献：《越后民俗艺能拙见 拉洋片》，新潟县立大学板垣研究室主页，2015 年 2 月 17 日。
《日本的流浪艺术》，小泽昭一著，岩波文库，2006 年。

伴伴女郎

二战结束后，站在街头以占领军为交易对象的私娼，也称“伴伴女孩”或“伴之助”等。以特定的美军士兵为对象的女性称为“only”，以示区别。

二战结束后，在银座的地下区域做烟草黑市买卖的女性拉住美军士兵的衣袖，做起了卖春交易。地铁站禁止进入后，她们就转到了有乐町的铁桥下、新桥方向，逐渐出现在街头。

从有乐町到银座的数寄屋桥，不知从什么时候开始，一到傍晚就有许多被称作伴伴女郎的私娼站在那儿，占领军的士兵们称这里是“伴伴桥”。她们以占领军中的美军士兵为主要服务对象。战后很快来了八万美军士兵，因此伴伴女郎的数量也持续增长。她们使用着稚拙的英语，经常遭到嘲笑。其中也有人和美军士兵谈起了恋爱。与特定的男性保持情人关系的伴伴女郎被称为“only”。没有特定对象、同时有多位客人的被称作“蝴蝶”。

对她们来说，这是摆脱饥饿的谋生手段，也有人是在战争中失去了丈夫，为了抚养孩子不得已才这样做。

伴伴女郎不单单以美军士兵为对象，也与日本男人做交易。她们身穿最新款的的长裙、宽肩喇叭型外套，非常靓丽。伴伴女郎是战后凋敝的风俗业的象征，有很多电影和文学作品描写她们，也描写她们藏在悲哀深处的顽强。昭和二十二年田村泰次郎发表的《肉体之门》就是其中的代表作。

林芙美子的《浮云》中也描绘了在那个黑色屋顶林立的荒芜时代，一位女性从打字员沦落为伴伴女郎的故事（后来，成濑巳喜男将其搬上了大银幕）。

伴伴女郎也是一种组织形态。人称“乐町阿时”的西田时子，活跃在当时称作乐町的有乐町，在以她为首的组织中有二百位伴伴女郎。

另外，除了以美军士兵为对象的女性，有时人们也把私娼称为伴伴女郎。

Data

【伴伴女郎人数】有乐町、银座、新桥约 4 万人（昭和 22 年）

法语还是印尼语?

关于伴伴女郎的由来有各种说法。有说是因拉客时美军士兵“啪、啪”地拍打她们的手而得名。也有人认为法语中的“伴伴”有“优美、诱人”的意思。另外还有人认为是从印尼语中指代女性的词“Promphan”转化而来的。

帮间
（助兴艺人）

在酒宴上侍奉宾客，并为其表演助兴的人，也被称为“男艺伎”“助兴艺人”。主要负责在席间讨客人欢心，通过各种方式让宾客开怀大笑，心无旁骛地享受宴席的乐趣，后来逐渐变为烟花巷等娱乐场所的专属。

帮间发展成正式的职业是在江户时代的宝历年间。“帮间”一词最早写作“帮闲”，意思是帮客人们度过开心的闲暇时光。“帮”指帮助、帮忙，“间”则指在宾客之间来回侍候、在宾客与艺伎之间协调通融，以及在宴席间隔中，通过表演让宾客们的兴致不至于冷却下来。后来逐渐演变为烟花柳巷的职业，尤其是隶属于吉原的帮间，可谓当时水平最高的助兴艺人。在恩客们去妓院寻欢前的酒宴上，他们通过席上游戏和表演哄客人开心。

从事帮间这门行当的，多是因为放纵挥霍身败名裂的人。这些人有的原为粮商、灯油批发商，有的是旗本武士家族的公子哥，因出身世家名门，有良好的教养和文化水平，粗通茶道，能作俳句，还会表演雅俗共赏的滑稽和歌，在宴席间为宾客助兴添趣。他们先入门拜师，领取艺名，在收拾照顾自己的同时，花上五六年修习各种技艺。据说成为一名顶尖的帮间至少要三十年。除了修习艺能，还要学会洞悉人情世故，磨炼这项技能所需的时间一点都不比掌握艺能少。

“助兴艺人这行，脑子不灵活、不开窍的笨蛋是干不来的。”

“席间表演，不做的话不行，做得太过也不行。”

宴席上的舞蹈和歌曲表演归根究底是艺伎们的工作，帮间即便能跳一流的舞，也不会喧宾夺主，反而会根据三味线的演奏跳一段即兴的舞，或做一些滑稽搞笑的模仿。经验丰富的帮间面对陌生的客人，也能当即判断出客人的职业、喜好，甚至推测出对方的诉求。直接开口打听客人的身份来历是最末流的做法。想在不经意间巧妙获知客人的信息，除了要具备良好的教养和文化水平外，还要对社会的发展动态有一定的了解。

二战结束后，日本少了很多奢靡的酒宴助兴游戏，帮间也跟着变少了。那些没拜师学艺，也没掌握技艺的帮间被称为“野帮间”，与正式的帮间有很大区别。

Data

【帮间的数量】昭和 10 年，吉原 40 人，全东京 300 人，全日本 470 人；目前东京仅存 4 人

【帮间的收费】昭和 9 年，一名帮间 2 小时的出场费大约是 3 日元，现在则需要支付数千至上万日元

一流的帮间与促狭的宾客

宾客有时会向帮间提出一些刁钻古怪的要求。曾经有这样一则轶闻：一名客人在下大雪的时候，要求陪侍的帮间跳进庭院的水池里，而且不能把身上的和服脱掉。那位被点名的帮间二话不说，扑通一声飞身入池，一把抓起池子里的大鲤鱼，做了一个歌舞伎剧目《捉鲤鱼》里的经典亮相造型，逗得客人哈哈大笑。但是身上的和服再也没法穿了。一去和服店，才发现这名客人已经订好了一整套新的和服行头送给自己。

参考文献：《生活史丛书 31：帮间的生活》，藤井宗哲著，雄山阁，1982 年。
《职业外传》，秋山真志著，白杨社，2005 年。

水艺人

水艺是一种使用水的戏法，艺人表演时会让水柱从手指尖、刀尖、扇子等物中喷射出来，也被称为“水魔术”或“喷水术”。盛行于江户时代，明治时期的西洋魔术师松旭斋天一是这项戏法的集大成者。

水艺据说是江户时代初期从中国传入日本的，当时正值第四代将军德川家纲执掌幕府。最早由陀螺艺人、杂技师进行表演，称为“水戏法”“水魔术”“水曲”。

明治时期，西洋魔术师松旭斋天一对其进行改进，提高了这项杂技的观赏性，水艺这一叫法才固定下来。他将纸管或听诊器的筒管剪成一寸大小，替换了橡胶管。女弟子松旭斋天胜年仅十七岁就成了戏班子的名角，无论是露出脚掌的性感装束，还是姣好的容貌和华丽的表演，都令无数观众为之倾倒，二战前曾风靡日本。

二战前日本还没有空调，所以观赏这项戏法等于纳凉。二战结束后，人们仍习惯在夏天观赏水艺。从五月到九月，水艺人和杂技师到各地进行巡回公演。表演从刀尖喷射水柱的戏法时，水艺人在舞台上用尖刀裁开一张白纸，表示刀刃并非造假，再喷射水柱。当时模仿水下龙宫搭建水艺舞台，能最大限度地展示女水艺人的表演魅力。最后压轴演出时，主角居中，左右站三名少女，双手各持扇子和羽子板。放置在扇面和板上的酒杯涌出清水，与背景里游动的鲷鱼、比目鱼及珊瑚树吐露的水花交相辉映，台下会爆发出雷鸣般的喝彩和掌声。

水艺表演最重要的是舞台道具。过去用木桶盛水，二战后改为聚乙烯材质的容器。在尖刀、格窗、酒杯、手指等处连上塑料细管，利用水压喷射水柱。控制好塑料管的按拧力道，水柱就不会喷得太高。以前也有失败的例子，居中的主角喷射的水柱本应最高，两旁的配角依次降低，形成漂亮的金字塔形，可表演时恰好相反，主角所喷水柱仅为三十厘米，两旁的少女却喷出了一米多高的水柱。

此外，台上艺人和台下负责送水的幕后人员的默契也非常重要，不配合好就会在演出精彩的大场面时没水喷射。有些演出事故就是因为负责送水的幕后人员嫉妒主角，故意不送水造成的。所以表演成功的关键在于幕后人员配合与否。现在水艺人虽然减少了，所幸魔术师藤山新太郎仍在继续传承这门技艺。

Data

【演出一次所需水量】40 升

描写水艺的文学作品

泉镜花所著小说《义血侠血》中，就有描写女水艺人的内容，是一位叫泷白丝的著名角色，曾被多次拍摄成电影，其中以二战前沟口健二执导的《泷之白丝》最广为人知。

参考文献:《消亡的美学 最后的女水艺人》，藤井宗哲，载《月刊 pen》1978 年 9 月号。
《关于日本古典戏法“水艺”》，河合胜、斋藤修启，收录于《爱知江南短期大学纪要》第 39 号，2010 年 3 月出版。

伯乐

使用民间疗法医马的兽医。二战前，马是日本必不可少的农耕和交通工具，与人们的生活息息相关，几乎每个村落都有专给马看病的伯乐。

二战前日本对马匹的治疗，以改善血液循环的刺血为主，负责下针的马医被人们称为“伯乐”。从明治时期开始，有一些兽医会运用西方医学，但各地仍旧实行伯乐的民间疗法。

从二战前到二战结束后的昭和三十年代，马匹与日本人的生产、生活密不可分。建造土木工程时，要用马把石头和木材从山里拉出来；搭乘交通工具时，也要用马来拉公共马车；对农民而言，马更是开垦农田不可或缺的劳动力。

每当马出现食欲不振、身体不适的症状，马主人就请来伯乐对其进行刺血治疗。每个村子都有专供伯乐使用的“刺血场”，是一处修建在旷野、用于医马的围栏。刺血治疗在每年的四月或五月进行，伯乐先是用大拇指按住马咽喉附近的颈静脉，然后下针一刺，马血便从颈间大量喷出，那些因为疲累堆积在体内的坏血流出体外后，马就会恢复健康。

有一项治疗是使用专门的切蹄刀，将马露出蹄外的部分切除。此举是为了减轻马的负担，让它跑起来更轻松。有时候马的上颌肿胀，嚼不动草料，伯乐就会用火烤一烤马颌，使其消肿，这样一来马的食欲就会增强。伯乐还会通过焚烧马尾尖促进血液循环。

有些村子的伯乐还兼职给马钉铁蹄，日常工作则是从马的看诊、草药的配制到母马生产后的调理等一系列医疗活动，因为都是采用民间疗法，与其说是给马治病，不如说是马匹的综合健康管理。新伯乐会跟老伯乐从刺血疗法开始，花费五年学习如何判断病症，如何进行治疗和调配药物。

随着时代的发展，人们的生活进入现代化，马的作用逐渐消失，同时西方医学越来越普及，使用民间疗法医马的伯乐也逐渐消失了。

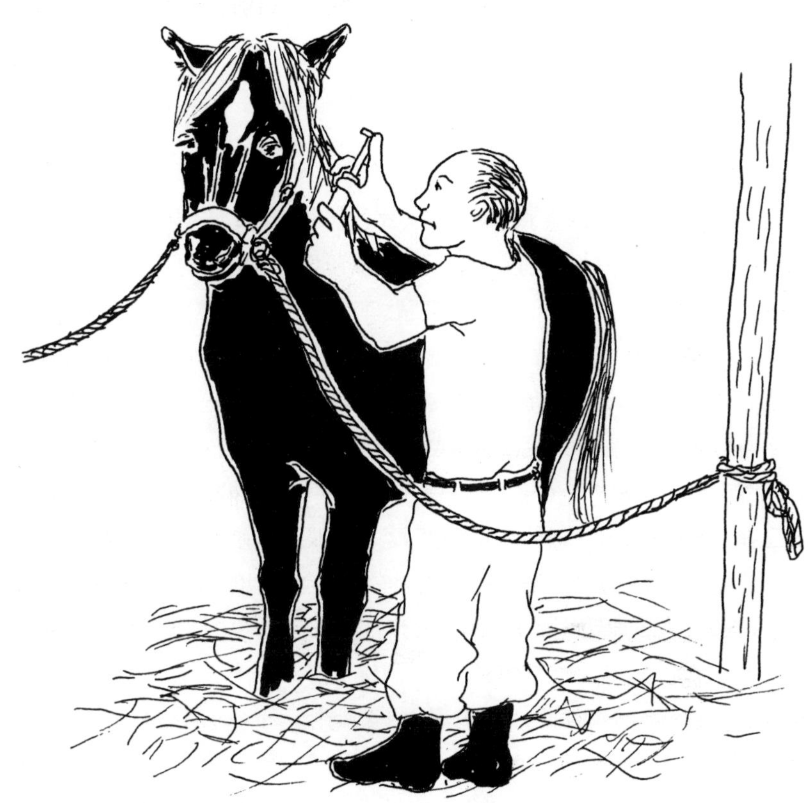

现代社会有名的“伯乐”

伯乐原指那些善于相马的人，后来引申为能发现和培养人才的教练。现在称一些日本体育界的知名教练为“伯乐”，就是来源于此。

参考文献:《日本民俗文化大系第 14 卷:技术和民俗（下）都市·町·村的生活技术志》,森浩一等著,小学馆,1986 年。

《马的治疗围场 历史小故事 第 401 回》，载《广报小物 No.613》2011 年 9 月号，三重县菰野町发行。

《五 兽医师制度与变迁》，收录于《爱媛县史 社会经济 1 农林水产》，爱媛县史编委会著，1986 年。

隐坊

隐坊是对从事尸体掩埋和焚烧的人，以及火葬场从业人员的称呼，也写作“御坊”、“隐亡”、“阴亡”和“阴坊”。目前已经不用这个词了。

隐坊的工作范围很广，除了处理需要火葬、土葬的尸体，还包括管理墓地和火葬场。日本的火葬始于八世纪前后，盛行于贵族阶层，同时代的平民还多用土葬。那时隐坊只主持丧葬仪式，后来扩展到还要处理死者的尸体，最初被视为下等职业。明治六年，日本政府出于神道教的主张出台火葬禁止令，但不久因卫生层面的考虑和兼顾佛教信徒的需求，又撤除了这项禁令。但禁令期间没有修建火葬场等设施，昭和初期人们还是以土葬为主要丧葬方式。

古时候，守户、陵户等看守历代皇室墓地的平民属于贱籍。与尸体打交道的工作古已有之，律令混乱、僧侣制度懈怠时，这些贱籍平民会变成俗法师，即所谓私度僧。其中的声闻师（通过敲打钲鼓、唱诵经文、占卜和曲舞表演等讨生活的艺僧）、三味圣（住在墓地埋葬尸体、举行火葬的俗家带发僧）、钵屋（在中元节和年末制作茶宪送往各家）等半俗半僧者，也做尸体的埋葬及火葬工作，被称为“御坊”。户数超过百户的村子会雇佣隐坊，让其居住在墓地附近。

土葬时，埋葬尸体的土坑由隐坊挖好，因为这是丧葬仪式中最招人忌讳的。在一些举行火葬的村子里，隐坊在远离村子的火葬场堆起麦秆和柴薪焚烧尸体，整整烧上一夜，第二天死者的家人来把骨灰收走。葬礼上为死者准备的供品，还有辗转各家，在秋天要到的大米和正月里要到的年糕，就是隐坊的收入。如果接的是火葬的活儿，还能把烧尸剩下的灰作为肥料卖给专门经营灰土的店。

到了大正和昭和初期，大城镇都将私营火葬场改为公营，在野外的焚烧地修建火葬场，并将原来负责烧尸的人聘为工作人员和特邀职员。各地的火葬场基本都修建在比较偏僻的场所，附近还有给从业人员居住的宿舍楼。操作焚化炉时，要求工作人员掌握一定的技术，拥有极为敏锐的视力和直觉。

火葬场的设备逐渐现代化以后，隐坊这个称呼不知不觉消失了。

卖茶兜的是钵屋

收集骨头的铁棍

Data
【一名丧葬技师每年举行的火葬数量】
昭和 49 年，只有 1 名职员的火葬场每年烧 217 具，有 8 名职员以上的火葬场每年烧 684 具
【火葬费用】
昭和 35 年，东京最高级别的火葬费为 9150 日元，次级为 6000 日元，再次级为 4000 日元

参考文献：《近代日本职业事典》，松田良一著，柏书房，1993 年。
《缩印版 日本民俗事典》，大冢民俗会编，弘文堂，1994 年
《民俗小事典 死亡与送葬》，新谷尚纪、关泽真弓编，吉川弘文馆，2005 年。
《日本民众史 6：生计的历史》，宫本常一 著，未来社，1993 年。

腰封文案作者

为新书的腰封撰写精巧灵动的宣传、推荐性短文的作者，通常由大学教授、作家及记者兼职。写出一篇有名词佳句的腰封文案是非常重要的，质量的好坏会直接影响书的销量。

包裹在图书封面上的纸带被称为“腰封”，上面印有与该书相关的宣传语，通常是一些能激发读者阅读兴趣的信息和短文。昭和二十年代，腰封文案由记者、学者、作家及文学评论家来撰写。因为无一例外都是对图书的夸赞，这些作者也被叫作“虚假书评人”。腰封文案的质量往往关系着一本新书的生死，出版社很重视，于是催生出了一批专写腰封文案的作者。

在选择某本书的腰封文案作者时，出版社先从作者的学派和专业进行考虑，然后再决定。有些作者下笔前会通读一遍图书，有些只根据编辑口述的图书内容，就苦思冥想，写不超过两百字的哗众取宠的文字，诸如“万人必读”“流泪不止，令人感动的好书”之流，因此被奚落为“腰封文学”。

据作家纪田顺一郎透露，第一本使用腰封的图书是阿部次郎所著、于大正三年四月出版的《三太郎日记》。这本书的腰封是一条白纸带，上面用绿字印着一句“快读！”的宣传语。二战结束后，印刷在腰封上的推荐语愈发要求简短凝练，力求用有限的字数达到向读者推广的效果，撰写起来很费劲。

腰封包裹在封面的下部，类似穿和服前缠在身上的腰卷，所以出版界称其为腰卷。现在图书的腰封基本上由出版社的编辑负责撰写。除了处理图书内容，编辑还要费神写出一篇吸引人的腰封推介文。昭和四十八年，杂志《面白半分》以撰写腰封文字的编辑为评选对象，举办了为期八年的“日本腰封文学大奖”。每年挑选数篇优秀的腰封文案，年底再从中评选出最出色的一篇，将获奖结果刊登在杂志上。

现在不只是单行本，连小开本丛书和文库本也附有腰封，不过在上架前拿掉腰封的书店也逐渐增多，因为容易破损，有碍图书的美观，出版社为了削减成本有时也去掉腰封。出版业的不景气也会波及腰封这一小小的出版文化。

Data

【写腰封的稿费】昭和 26 年，大型出版社支付给腰封文案作者的稿费是 3000 ~ 10000 日元，中小型出版社则是 3000 日元，再附带一盒高级糕点或一瓶威士忌

腰封文学奖

杂志《面白半分》昭和 48 年 12 月号举办了第一届“日本腰封文学大奖”，撰写山口瞳《酒徒的自辩》腰封文案的编辑获得了此项大奖。这位编辑在腰封上写道：“星期一整日去公司，星期二深夜胡麻将，星期三彻夜写小说，星期四凌晨下将棋，星期五傍晚修剪庭中树，星期六黄昏狂买赛马票，星期日全天疼老婆，一二三四五六七，每天一杯酒不离，无酒赏樱亦无趣。”

参考文献：《朝日周刊》，1951 年 6 月 24 日。
《只是腰封，然而却是腰封》，发表于纪田顺一郎官网。

代写员

指那些专门撰写简历等公文类文书的写字员，多出现在汽车驾驶证的发证处、考试场所的附近。代写简历时，要有将客人口述的信息进行整理概括，形成书面文字的能力。

大正末期至昭和年间，一位叫国松团三郎的老人在东京神田桥一角摆出一块上书“绝对创始”的招牌，为人代写文书。作为从明治法律学校肄业的高级知识分子，他从明治二十七年起就开始做这门工作。

国松代写得最多的文书是印鉴证明，其次是与婚姻生育相关的文件，明治时期代写书信的需求也多，有些信是专门写给情人的。随着教育制度的普及，会写字的人慢慢增多，代写书信的委托逐渐减少。对于那些偶尔找上门来，要求代写提出离婚的信件的男人，国松会对他们进行劝说。他经常在废纸上写下“一字千金”四个字。

二战后不久，大学附近也出现了代写员。那时的毕业生找工作时，不像现在这样有固定的简历格式。学生填好个人信息后，会把简历上自我介绍的部分交由代写员概括整理。所谓人如其字，企业会从笔迹上判断这个人的性格、注意力、诚实程度等。所以既写得一手好字，又有信息概括能力的代写员在当时非常吃香。后来文具店推出了格式规范的简历表，可以直接填写，代写简历这一需求便不复存在。

比较特别的是当时在涩谷的恋文小巷，出现了一位情书代写员——菅谷笃二。他原为日本陆军中校，是毕业于陆军士官学校及外国语大学的高级人才。二战时期曾作为外交官员开展过特务工作。因为过人的语言天赋，二战结束不久，菅谷曾为一名爱上美国大兵的日本女子翻译信件，寄给她日思夜想却远在北美的心上人。之后，酒吧的女招待、办公室白领、女企业家等，来找菅谷代写的人越来越多。到了昭和五十年，女大学生成为最主要的委托方，委托他将她们的毕业论文翻译成法语。那时菅谷已是六十五岁高龄，他结合自身经历和所学知识，向学生们传授经验之谈，学生们有事的时候也过来找他谈心，人称“菅谷大学”。

那时，帮服务驻日美军的卖春女代写情书的小店大多集中在恋文小巷，这条小巷也因而得名“情书之巷”。

Data
【代写费用】翻译写给海外美国大兵的书信，每写一张方格纸收费 1000 日元
【客人数量】昭和 20 年代，平均每天 10 人左右

现代的行政书士

代写员是行政书士的旧称，负责在汽车驾驶证的发证处、考试场所附近将客人的口头表述加以概括，整理成书面文字。当时没有规范的简历格式，代写员必须具备专业的概括整理的技巧。

参考文献:《镜头中的社会百态》，收录于《近代庶民生活志 第 7 卷》，南博编，三一书房，1987 年。
《代笔一代——战后写情书，现今写毕业论文的菅谷笃二》,《大众周刊》，1975 年 1 月 30 日。

卷首记者

专指那些为周刊杂志等媒体撰写关注度高的头条新闻的自由记者。一经发表就能引起轰动的文章会被刊登在杂志的卷首，所以写作的人被称为“卷首记者”。一般由五六个自由记者组成团队合力撰写，将完成的独家报道再卖给杂志社。

昭和三十五年至昭和五十年代期间，杂志是出版界最受民众喜爱的形式，新杂志一本接一本创刊。在这样的形势下，出现了不属于任何出版社的“卷首记者”，通常由五六名自由记者在团长的带领下，针对政治、娱乐、经济、男女关系事件进行取材，撰写具备话题性和可看度，能刊登在杂志卷首的独家报道。

团队成员分工明确，“数据员”负责取材和资料收集，“执笔员”负责根据原始资料撰写稿件。因为是团队作业，这种团体也被称为“卷首记者团”。策划一篇四页长的新闻稿时，执笔员会先找来三四名数据员，给每人分配取材的内容。数据员根据要求将采访对象的口述整理成原稿。最后由执笔员将这些原稿整合为一篇完整的新闻稿件。人手不足的时候，执笔员也负责一部分采访任务。

最初创立这种采访及写稿协作模式的，是作家梶山季之。梶山原是《周刊文春》的卷首记者，后因商业间谍小说《黑色试跑车》一举成名，跨入大众作家行列。在卷首记者时期，梶山就设立了数据员与执笔员的分工制度，他的团队因此被称作“梶山军团”。像梶山这样积累大量业绩后，独立出来成为作家的人有很多，如大下英治、评论家草柳大藏等。还有非虚构文学界的岩川隆，在成为独立作家之前，也管理着十一个人的卷首记者团，为《周刊文春》提供特辑类稿件。

卷首记者所写的新闻稿是杂志的亮点，造成的社会影响非常大，有时甚至会发生某个政治家因为一篇文章被迫卸任的事件。在杂志不断创刊，而出版社又没有采访渠道的年代，卷首记者是非常活跃的。随着杂志编辑部着手创建自己的取材团队，卷首稿件也能自给自足，失去活计的卷首记者便纷纷改行做通讯员或非虚构文学写手等。

卷首记者的词源

据说《朝日周刊》的主编扇谷正造有一次去新宿酒馆时，向同样出现在酒馆中的梶山季之打招呼，就叫他“卷首记者”，然后这个称呼就此流传开来。

参考文献:《增补·新装版 头条记者之魂 没有项圈的猎犬》，大下英治著，EASTPRESS 出版社，2012 年。

租书屋

租书屋起源于江户时代，主要以草双纸等读物的有偿出租业务为主。明治时期，书籍流通量增多，买书不再有门槛，租书屋曾一度消失踪影。二战后又再度兴起，但出租物以大众杂志、小说及漫画为主。

租书屋最早出现在江户时代的元禄年间，于文化、文政年间迎来全盛期。当时面向平民阶层的出版事业繁荣发展，草双纸、读本、洒落本等读物层出不穷，但由于书籍价格高昂，平民无力购买，以低廉价格租书阅读便成为一项流行的娱乐。从明治年间到昭和初期，租书屋以兼营二手书店的形式在日本迅速普及开来。有些店主则把一大捆书放在自行车上，像行商那样四处做生意。

回顾昭和时期与租书屋相关的职业，便是二战结束后专门用以出租的"贷本漫画"。昭和二十三年在神户开业的租书屋"浪漫文库"取消了押金制度，改为通过身份证明（如工作证、用于领取大米的粮食存折等）确认居住地址后，无论谁都可以租书。这就是所谓的"信用租赁制"。这家店因此将生意做得风生水起，引得各地租书屋争相效仿。

出租的书以儿童漫画、冒险小说为主，还有很多供成人阅读的杂志和大众小说，翻译文学和纯文学非常稀少。昭和二十年代后半期，贷本漫画受到狂热追捧，一般的书店甚至一本难求。创作贷本漫画的是曾为纸芝居绘制图稿的画家和拒绝为商业杂志画图的漫画家，后来被统称为"贷本漫画家"。读者大多数是儿童。

进入昭和三十年代，《少年 Magazine》《少年 Sunday》等漫画周刊杂志相继创刊，少年读者的阅读兴趣也跟着转移，贷本漫画渐渐被市场淘汰。但另一方面，零花钱少得可怜的穷孩子不可能一期不落地购买漫画周刊，只能租借，于是又出现了出租漫画杂志的租书屋，大多数也兼卖塑料模型等玩具和粗点心。在出租屋里只要花很少的钱就能读到热门漫画，所以深受孩子们的喜爱。虽然发展各异，但直到昭和五十年代前半期，租书屋依然存在。

随着经济越来越繁荣，买得起杂志的孩子越来越多，租书屋便逐渐退出历史舞台。对经营录像带、唱片等出租业务的商店而言，租书屋是当之无愧的行业先驱。

Data

【租书收费】昭和 30 年代前期，租一本漫画和小说分别需要 5 日元和 10 日元（两天一夜）

【租书屋数量】昭和 30 年代，东京的租书屋有 400 ~ 500 家，全日本约有 56000 家

在租书屋门前读得不亦乐乎

孕育出天才漫画家的贷本漫画

从事贷本漫画创作的，除了早期的水木茂、白土三平和柘植义春，后来还涌现出很多职业漫画家。水木茂曾创作过一部名为《墓场鬼太郎》的贷本漫画，是《怪怪怪的鬼太郎》的前身。

参考文献:《近代日本职业事典》，松田良一 著，柏书房，1993 年。
《日本图书新闻》，1955 年 2 月 26 日附录。

租物店

即现代所谓的租赁店，早在江户时代就已出现，始于衣物、生活用具的出租，二战后不久都还存在。租书屋也是租物店的一种形态。

江户前期开始出现物品租赁行业的雏形。那时只要支付每天的租金和防止盗损的押金，就可以借到衣服、被褥、坐垫、蚊帐等。后来慢慢出现了专门从事这种物品出租的人，这门生意也被称为“租物店”或“租赁屋”。

随着江户时代城镇化的发展，有租借需求的人大多集中在京都、大阪及东北地区的酒田，在当时的文献上就有相关记载。租物店由个人经营，租借期从几小时到几天不等，还有只借白天的“昼租”和从傍晚租到次日早上的“夜租”。二战后流行一时的租书屋在江户时代就已出现。

大正时代流行租赁生活用品。东京还出现了出租小孩的店，这些孩子被迫站在路边和桥上，用于博取路人的同情，好向他们兜售刷帚和火柴。明治二十年，租借一名孩子的费用是一天五到八钱。

进入昭和时代后产业扩张，租物店的物品种类也随之增加。比如昭和初期的煤气炉，以及由 IBM 代理店租给企业使用的计算机等。生活用品的租借依旧存在，除了服饰，还有自行车等常见用品，租赁的多为日租工人等贫苦劳动者。从江户时代起，坐垫也是主要的租借物品之一，不止是住宿和游玩场所，寺庙神社也需要用到，二战前住在铁路工程宿舍的工人们也离不开它。此外还有平民的孝衣、一般下级官员买不起的英式男士大衣和晨礼服等。二战结束后，住在堤坝、高速公路及新干线等工地宿舍的工人们经常向租物店租借生活用品。

到了昭和三十年代，几乎没有什么东西是在租物店借不到的，普通家庭会租借电视机之类的家用电器。家庭主妇则会把脏衣物带到租赁洗衣机的店里，像现在的投币式洗衣店那样，将衣物清洗干净后再带回家。但是从昭和五十年起，专门经营磁带、唱片、录像带等娱乐用品的租赁业者越来越多，那些出租生活必需品的租物店如今一家也看不到了。

Data

【个体经营的人数】根据大藏省主税局各年度调查，昭和 2 年为 983 人，昭和 15 年为 1405 人

【租赁费用】昭和 30 年，一台黑白电视机的押金为 2 万日元，每个月租金为 3000 日元

【每年出租坐垫的数量】昭和 16 年，规模最大的坐垫租赁公司每年出借数量超过 5 万个，昭和 47 年达到 48 万个

电视机租赁店。电视机在昭和三十年代是租赁店中最受欢迎的商品之一，承担了开启电视时代的职责。

从生活用品到马车

明治时代，人们饮酒作乐的需求催生出了自行车租赁业务，此外还有马车租赁，提供给华族进宫晋谒天皇时使用。一辆单匹马拉的马车，租赁费是三至四日元，可以使用三天。

参考文献:《物品租赁业的历史性研究——第二次世界大战前》，水谷谦治，收录于《立教经济学研究》第 58 卷第 2 号，2004 年 10 月 10 日。

《物品租赁业的历史性研究（下）——第二次世界大战后》，水谷谦治，收录于《立教经济学研究》第 60 卷第 4 号，2007 年 3 月 10 日。

《近代日本职业事典》，松田良一著，柏书房，1993 年。

电报传递员

在电话尚未大规模普及，通信电路也没有铺设的年代，需要紧急传讯时只能使用电报。由于要在有限的字数内传递信息，常常诞生出许多流传后世的名篇佳作。

明治二年一月，东京至横滨的有线电路开通后，普通民众开始使用电报。其后日本政府在各城市的道路上架设电线，明治八年完成从北海道到九州的电线工程后，有线电路基本覆盖全国。长崎至上海、长崎至海参崴的国际电报也可以使用了。明治时代电报隶属工部省，后改为通信省管理。想发电报的市民可以去邮局，在电报纸上用片假名写好信息后提交。到了明治二十三年，可以拨打电话申请发电报。

当时发电报是将人们所写的片假名替换成相应的摩尔斯电码，印刷后再进行发送。工作人员可以通过嘀嗒嘀嗒的电码音，判断出其对应文字。在电话稀缺的年代，只能依靠电报传递紧急的信息。因此在明治二十五年，还出现了罕见的用自行车送电报的方式。这些电报传递员身穿制服、头戴藏青色帽子，英姿飒爽地骑着自行车穿行在大街小巷，为人们送去电报。

为了安全送达一封重要的电报，传递员有时会冒着巨大的生命危险。大正七年，当时北海道真狩邮局的局长就因为送电报，遭遇暴风雪去世。那时电报还用来传递亲属去世等消息，一旦家门外响起传递员叩门喊道“电报来了”的声音，大多数市民都会被吓得心惊胆战。

昭和二十年代，电报业务移交给日本电信电话公社（现 NTT）。虽然都是传递紧急信息，但电报和电话的不同在于具有留存文字的特点。写电报用的是片假名，收报人有时会错误地断句。比如“カネオクレタノム”，发报人的原意是“金送れ頼む”（寄钱给我），却被误读为“金をくれた飲む”（拿到钱了准备去喝酒）。

为此，朝日新闻社在昭和三十年成功研发了一台汉字电信机，可以打出汉字、片假名、数字和英文字母混杂的电报（进入平成年间才开始有汉字电报服务）。

进入昭和六十年代后，传真机迅速普及，到了平成年代，人们更愿意用电子邮件联络，电报能发挥作用的地方就更少了。但现代社会仍有电报发挥作用的余地，比如接收贺电的结婚典礼、接收唁电的葬礼等场合。

Data

【每年电报数量】昭和 40 年约为 9600 封，昭和 50 年约为 4800 封，其中 60% 为贺电和唁电

【费用】昭和 31 年，一封电报的费用为 65 日元

电报文学

很多日本文学家都曾发过堪称名篇佳作的电报。比如石川啄木向朋友讨债的那封电报，用短歌的形式写就，结构巧妙，用词诙谐，全文如下："日日待明日／心苦头如刺／就等朋友你／欠债归还时。"

参考文献:《电报 用文字诉说的喜悦与悲伤 被遗忘的乐趣》,《平凡 PUNCH》，1975 年 2 月 17 日。
《电报文学》,《朝日周刊》，1955 年 5 月 15 日。
《从片假名电报中解放，汉字电信机的诞生》,《朝日周刊》，1955 年 8 月 28 日。
《日本风俗史事典》，日本风俗史学会编，弘文堂，1979 年。

梳髻师

从事梳发盘髻工作的梳头师傅。为男性梳理发髻的称为“梳髻床”，为女性梳头的称为“女梳师”。随着西式发型传入日本，传统梳髻师的数量越来越少，其工作如今由理发师和美容师延续下来。

梳髻师的工作类似现代社会的理发师和美容师。江户时代最早为男性梳头的，是被称为“梳髻床”的人，主要工作是为客人剃出“月额”，再盘发。而当时那些为艺人和妓女梳华丽发髻的梳头师傅，则是“女梳师”的起源。

明治时代出台“断发令”后，男性原来的“散切”等发型开始西化，原来为男性梳头的梳髻师改为给男性剪头发，称呼也变为“剪发师”“散发师”等。此后，剪发变成一门男性职业，而梳髻作为一门女性职业固定下来。

梳髻这一行没有具体的行规，因为是师徒制，只要拜师学艺五到十年，把技术磨炼好，能独当一面后就可以打着师傅的名号开分店。大正时代至昭和初期，梳髻这门手艺融入了近代美容技术，还成立了美容工会。那时的美容从业者被称为“梳髻师”“理发美容师”等。

梳髻的工作一般是在客人家中，由一名梳髻师和梳髻助手配合进行。助手将客人的头发披散下来，先用梳子小心细致地梳理一遍，梳髻师再挽结发髻。根据手法不同，可以挽出丸髻、银杏髻、梳髻、喀秋莎、高发髻、垂发、二〇三高地髻及蝴蝶髻等造型。梳髻时用到的头梳有很多种，比如解开鬓发的“中栉”、将鬓发梳成隆起状的“深齿”、拆开顶髻的“条立”等。遇到发质偏硬的客人，会给梳子抹上油再使用。挽一个“岛田髻”大约需要花上一小时，艺伎每隔三到四天会打散原先的旧发髻，再梳一个新的。

昭和二十年代，日本掀起了一股烫发热潮，但艺伎和妓女仍有梳头的需求，大多数女性在过新年时也需要盘起发髻，梳髻师此时依旧活跃。

二战结束后，西式发型迅速抢占市场，男女梳髻师相继失业。昭和二十二年《理容师法》出台，二十六年改为《理发师·美容师法》，三十二年出台独立的《美容师法》，两者之间有了明确的区分，称呼也固定下来。

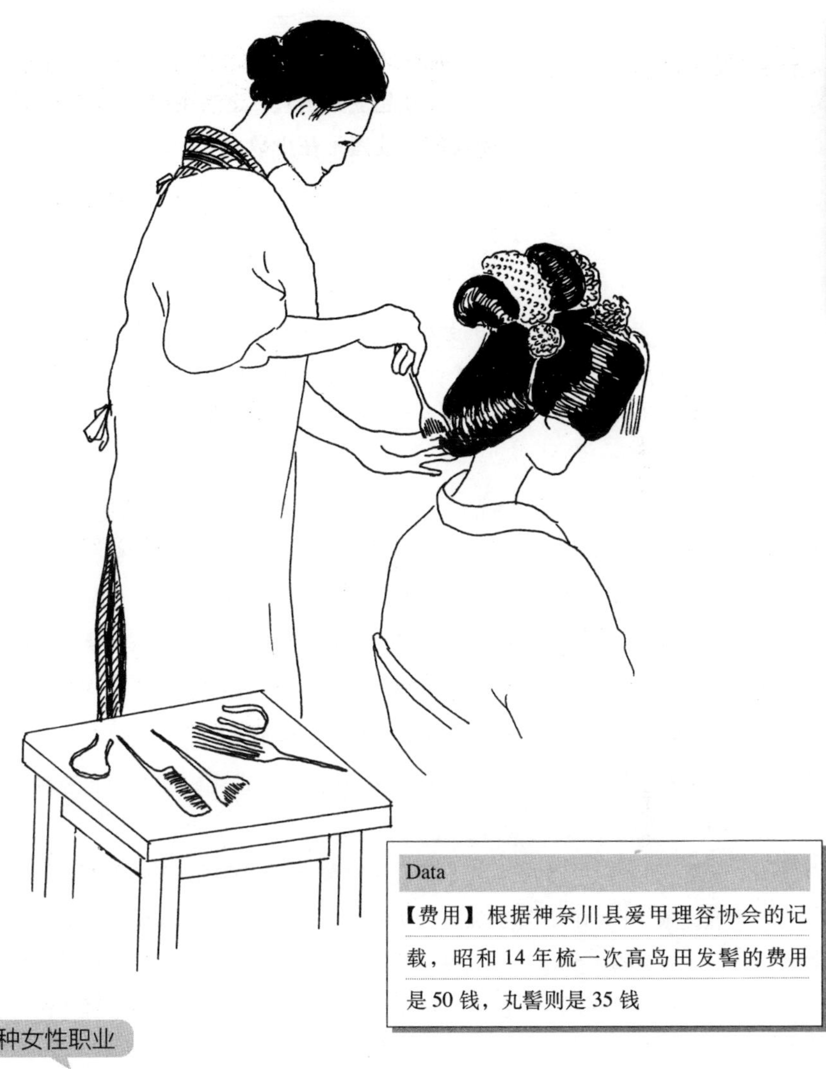

Data

【费用】根据神奈川县爱甲理容协会的记载，昭和 14 年梳一次高岛田发髻的费用是 50 钱，丸髻则是 35 钱

一种女性职业

“梳头亭主”一词专指那些靠老婆收入吃喝玩乐的男人，但也从侧面反应了梳髻师在江户时代是最具代表性的女性职业。

参考文献:《都市生活与新的文化》，载《函馆市史 通说篇 3》，函馆市，1997 年。
《厚木女性的发型 < 华山的证言 >》，载《厚木市乡土资料馆 NEWS》172 期，2013 年 6 月。
《东乡町志》，东乡町，1980 年。
《关于理发美容界放松管制的必要性——理容师法 · 美容师法的法律解释上的问题点》，千田启互，载《商大 BUSINESS REVIEW》第 4 卷第 1 号，兵库县立大学研究生院，2014 年 9 月。

从事工作介绍和推荐的人。劳动介绍所自昭和十三年起变为国营，之前由民间的口入屋经营。无良的从业者不在少数。

明治时代还未配备公共性质的劳动介绍所，无亲无故的打工者大多去当时称为“奉公市”的佣工市场，找口入屋的个体从业者帮忙介绍工作。关东地区称为“桂庵”（庆安），还有“人宿”、“人置”、“请宿”、“他人宿”、“受入宿”和“肝煎所”等不同的叫法。

招聘方提供的都是一些艰苦的工作，比如体力劳动、学徒帮工以及需要到外地劳动的短工等。进入昭和时代，政府成立公共劳动介绍所，服务对象是拥有旧制中学以上文凭的人，一般平民还是无法利用，所以仍需要口入屋介绍工作。

口入屋不会把门店开在大马路上，而选择开在离大路不远的小巷里。穿过店门口的黑色短门帘（后来入口改为玻璃门，门上挂有写着“职业介绍所”的招牌），领班就站在里间的水泥地上，四周的墙壁上贴有各种招聘信息。

但真正能称之为劳动需求的，只有“店员”、“外勤”和“杂役”这三种，统称为“招岗御三家”。“店员”指的是学徒、伙计，“外勤”指的是营业员、销售员，“杂役”是指短期的体力劳动，如给餐馆收拾残羹剩菜、开车丢弃工厂废弃的沉重材料等。

由于雇佣条件仅由口入屋的领班口头告知，很多时候与实际情况不一致，造成诸多问题。口入屋赚取的是介绍工作的中介费，为了多拿钱，只讲工作的好处，哄骗打工者尽快到岗。货不对板的虚假招聘更多，最荒唐的是以招聘女佣为饵，将女性骗去风月场所或做妾。

还有些口入屋会事先与二三十个女佣串通好，让她们不停地从上一个东家换到下一个东家，这样一来口入屋就有源源不断的介绍费进账。

昭和三十年，随着国营劳动介绍所的数量增多，口入屋也随之衰退。此外，有些情况下口入屋也被称为“荐头”。

Data
【招聘名单阅览费】昭和初年为 50 钱至 1 日元
【女佣介绍费】昭和 10 年，口入屋介绍一份女佣工作收费
3 日元，其中 2 日元 10 钱由雇主支付，90 钱由女佣支付

狭小的工作介绍所和张贴在墙上的招聘信息

参考文献：《男女私通的民俗学 · 男女私通的性爱论》，赤松启介著，筑摩书房，2004 年。
《日本风俗史事典》，日本风俗史学会编，弘文堂，1979 年。

女衒

把女人卖给妓院等性产业的人贩子。江户时代，有一种名为“女见”的人，专门从事将贫农家的女儿卖到游郭、女郎屋等妓院的人口买卖，后来被称为“女衒”。

人贩子这门职业自古有之，古代就有在战争中获胜的国家将战败国的国民当作奴隶进行买卖的记录，而其中将女人卖给游郭和女郎屋等妓院的人贩子，就是所谓的“女衒”，该称谓由“女见”演变而来。

直到明治末期，日本东北地区特别贫困的人家还会把家里八到十岁的女孩卖给女衒。干这门勾当的都是五十岁上下的老太婆，把孩子买来后，在她们的腰上系上绳子，像串珠子那样一个连一个，一路带往关东地区。归根究底还是因为贫穷，父母才会迫不得已卖掉孩子。关西地区的穷苦人家则是以学徒的方式“出借”女儿，称为“人伯乐”的老媪会给女孩的父母一笔预付款。

一名叫村冈伊平次的女衒还曾在海外发过一笔横财。明治二十二年，村冈在新加坡召集了一批从日本脱逃、有犯罪前科的人，命令他们去把日本女孩诱骗过来。除了新加坡，村冈团伙还将拐卖来的日本女子卖到吉隆坡、加尔各答、塞班岛、澳大利亚和南非。

二战期间，女衒将女孩们以慰问品的形式送往军队的各个占领地。卖往东南亚的女孩被叫作“唐行”。还有些九州的离岛的女孩子，因为被女衒舌灿莲花的说辞所骗，相信在国外的商店只做包装商品的活计也能月入上千日元，便辞去原来的帮佣工作，一到目的地才发现被卖到了越南西贡的妓院里。

二战结束后，女衒主要在东北地区的山里从事十五六岁少女的买卖。

昭和三十三年日本政府实施卖春防止法后，游郭等妓院和女衒都随之一度消失，但后来却改头换面，变成一种地下产业，依旧经营着包括海外市场在内的人口买卖，演变成一个难以连根拔起的严重社会问题。

Data

【公妓人数】二战结束不久，日本有公妓10417人，妓院3165家

【买卖价格】战后不久，日本东北地区买一个女孩的定金为15000日元

女衒的蔑称

女衒在江户时代也被叫作“亡八”，意思是“仁义礼智忠信孝悌”八项儒教德行皆已丧失的无耻之人，恰如其分地揭露了这些人贩子的本性。

参考文献:《日本民众史 6: 生计的历史》，宫本常一著，未来社，1993年。

《女性的民俗志》，宫本常一著，岩波书店，2001年。

《日本残酷物语: 贫困的人群》，宫本常一等编，平凡社，1995年。

《村冈伊平次传》，秋元松代，收录于《秋元松代全集 第二卷》，筑摩书房，2002年。

《烟花柳巷的男人 妓夫太郎与女衒的光与影》，朝仓乔司，载《历史中的妓女·贱民 谜题与真相 别册历史读本 45》第31卷第19号，2006年9月。

奉公市

住在主人家里为其干活的伙计、帮佣，都是出身贫穷农村的年轻女孩和男孩，卖身给大户人家，在约定期限内任其使唤。奉公通常聚集在名为“奉公市”的佣工集市，让雇主挑人，这种现象直到二战结束后仍在持续。

侍奉主人的制度自古就有，在过去多效命于朝廷。到了中世纪的武士社会，因“君主恩赐”而效力的武士越来越多。而奉公进入一些家庭从事家务始于江户时代。直到战前，在贫穷的农村、渔村等地都能支付一定的安家费，让少男少女来做工。当时的雇佣形式多样，有年限较长的奉公，也有一年合同期的“年季奉公”、半年合同期的“半季奉公”，更有按季度缔结的合同。而这些大部分都是不给薪水的。战前有许多人去做奉公，在佣工集市上能看到给主人家输送用人的中介市场。

特别是作为“交替日”的二月二日，是“年季奉公”交替的日子。“半季奉公”则在八月二日进行交替。这一天，佣工集市随处可见。进入昭和时代后，仍在运转的中介市场有山口县丰浦郡泷部村的佣工集市、福冈县宗像郡田岛村的女佣集市、秋田县横手市的若势集市等。在若势集市上，有年轻男子穿着蓑衣，背着被褥和床铺，更有人连续站六七天等待主家。“若势”一般是指长工，秋田县的南部以前就有若势集市，而横手市直到昭和二十八年还有。

丰浦郡泷部村的佣工集市，战前是在村落里举行的。集市上都是些住在海岸周边和岛屿上的十六岁少女。这些少女从小就知道自己早晚有一天会被卖去当用人。雇主看中了哪一位，便会与她交谈，决定是否缔结合同。安家费可以是大米（又称“恩米”），也可以是金钱（又称“恩金”），金额也比去镇上工作来得多。大多在签合同时付一半作为定金，等合同到期再付剩余的部分，工作多为农活、侍女、男佣女佣、保姆等，合同期一般是一年。

这些佣工集市是雇佣方和被雇佣者的隐私，很少被公诸于世。后来随着时代的发展变迁，奉公的数量随之减少，与此相对，半年合同工增加了。直到昭和三十年，在九州的离岛都还能看到年度合同工的身影。

Data

【价格】昭和 9 年，一名女伙计受雇半年所获酬金为45～60日元和一袋大米。昭和30年在福冈，一名男伙计受雇一年所获酬金为 5000～10000 日元

穿着干净整洁的农用工作服、披蓑戴笠站在佣工集市的奉公们。雇主会从其所穿蓑衣的好坏和体格等进行考量，再决定是否聘用。因为觉得被赶早市的女人瞧见是一种羞耻，这些奉公通常把两侧脸颊遮起来。

成为奉公就能独当一面

年轻女孩成为奉公后，被唤作“丫头”，去雇主家里先要学习一系列规矩礼仪，如称女主人为“御新造”。当时人们认为，女性能独当一面的象征，就是被雇主聘用为奉公。

参考文献：《通过照片看日本生活图引③：小买卖》，须藤功编，弘文堂，1988 年。

《离乡与农户的阶层间移动——福冈县远贺郡冈垣村吉木部落的实态调查》，松尾干之，收录于《农业综合研究》8 卷 3 号，农林水产政策研究所，1954 年 7 月。

《像鱼一般被卖出去的孩子们》，《产经周刊》，1953 年 11 月 22 日。

打字员

用打字机进行文字输入的人，与美容师、百货店员、女演员、公交车乘务员同为女性的代表职业。打字这门特殊技能尤其令人羡慕。

大正时代，打扮西化的女性走出家门从事社会工作，成为日本社会一道亮丽的风景线，打字员也正是在此时备受瞩目。掌握打字技术要具备相应的理解能力和智力，并非什么人都能胜任。在当时是一种精英职业，排在女性理想职业排行榜第三名，仅次于音乐家和保姆。大正九年，全国打字员协会成立，由此可看出当时职业女性高涨的工作热情。

女性主要在打字员学校或打字养成所学习打字，日文打字机需要花费四个月，英文打字机则要学上半年。良好的视力也是必要条件之一。学成后的女打字员会进入现在所说的贸易公司，在西式装潢风格的办公室里工作，负责用打字机将同事的手写文件打成整洁的稿件。

当时的打字机有日文、英文和片假名三种键盘，各有不同的用途。政府机关主要使用日文打字机，贸易公司、银行、保险公司多用英文打字机，证券公司、保险公司和银行则会用片假名打字机。日文打字机发明于大正四年，一分钟能打出八十个字的话，就是一流人才。除了打字工作外，还会被分配其他事务性工作。

能使用英文打字机的女性数量稀少，更是被视为精英中的精英。她们多在外资公司就职，月薪能达到一百日元以上。工作时不看键盘，仅凭指尖触感就能在产自意大利的 Olivetti 打字机上飞速地敲出一个个字，堪称神技。但当时的打字员并不需要将手写的日文翻译成英文，而是直接对照英文打出来，就算不懂英文也无妨。日文打字机就不行，必须在文字排列盘中找出相应的字才能打。

各类公司因为业务拓展需要大量打字员，昭和时代还曾派遣过打字员到上海、南京的贸易公司任职。这些代表职业女性的打字员可谓是赴海外工作的女性先驱。由于不同的打字员能力有高低之分，收入的差距也很明显。

随军打字员

二战时期，随军打字员隶属陆军航空本部等军事部门，跟随军队赶赴吉隆坡等地。只不过她们并非正式的士兵，而是地位最低下的军属编制。

参考文献：《军装打字员：记录飞驰过那个时代的 17 岁》，泽田爱子著，鹤书院，1993 年。
《近代日本职业事典》，松田良一著，柏书房，1993 年。
《全职妇人 世态座谈会》，载《相谈》杂志 1934 年 2 月号。
《大东京物语：经济生活篇》，仓繁义信著，1930 年。
《近代庶民生活志 第 7 卷》，南博编，三一书房，1987 年。

船坞吭虫

在铁质船舶上去除锈迹、进行船体维修的工人。工作时像虫子一样趴在船上各个地方，拿着榔头发出“吭、吭、吭”的敲击声，所以被唤作“吭虫”。

在神奈川县横滨港，船坞里常停靠着铁船，有一类工人会手举榔头，清除铁船上的斑斑锈迹。他们多为自由劳动者，工作时像虫子那样趴在船体上，拿着榔头发出“吭、吭、吭”的敲击声，被戏称为“吭虫”。清理烟囱和锅炉处锈迹的工人也叫“吭虫”，为了将二者区分开来，那些用榔头叩击船体的工人被唤作“船坞吭虫”。

刷在船底的防锈涂料经过长时间的海水浸泡后剥落，非常容易生锈。船体上部因长期遭受带着潮气的海风侵蚀，也会发生氧化反应生锈。这些地方一旦生锈，会像疮痂一样扩散开来，在变成难以处理的锈块之前，要用钉耙将锈迹刷落或用榔头敲掉。清理时为避免伤到船体，大多采用材质柔软的木制榔头。清除锈迹后，还要重新刷上一层油漆。船坞吭虫从事的就是这样的重复劳动。

他们的主要清理对象是七千吨位级别的铁船，工作时像虫子一样趴在船腹和船底的表面，不断地将铁锈敲落。因为会不小心蹭到铁锈、被蜡烛熏，工作半天下来，眼睛、鼻子和耳孔变得黑乎乎一片。清理大型船只时，用绳子绑住身体，悬挂在空中。这些在造船厂等地工作的船坞吭虫被分配在最底层的杂役部门，大多是临时工，只要身体硬朗就会录用。从十四五岁的少年到弯腰驼背的老婆婆，工人的年龄跨度非常大。走到港口，就会听见从船坞里传来“吭、吭、吭”的榔头敲击声。工人们干活时穿着蓝工作服，腰间带着一份便当。

虽说是单纯的体力劳动，但掌握敲击的窍门和坚韧的品性都是必须具备的素质。昭和十五六年还能看见船坞吭虫的身影，战时这些工作交由士兵处理，年轻人被强制征用到别的地方。后来，发动机、电动扫帚和金属扫帚等器械发明出来，清理船体铁锈的工作便不再依靠人工了。

吭虫们站在木头吊板上举着榔头，将船体上的铁锈敲落。熟练工几乎可以一动不动地待在这种狭窄的落脚处干活。但不管怎么说，这种举着榔头从早敲到晚的工作，还是非常繁重。

某知名作者也曾是吭虫

创作《宫本武藏》等文学巨著的作家吉川英治曾经从事过吭虫的工作，还写了一本自传体小说《吭虫在歌唱》，以横滨为背景，描写吭虫的日常生活和工作。

铸挂屋

挑着担子穿街走巷为人补锅的匠人，铜锅、铁锅等容器出现破洞，一般是用熔化的焊锡（一种锡铅合金）填上，堵住漏处。

所谓“铸挂”就是修补锅、壶、釜等铁器和铜器的破洞，从事这门手艺的工匠被称作“铸挂屋”。铸挂屋和铸挂师所做的工作相似，唯一的区别在于铸挂屋通常是四处游走揽活儿，铸挂师大多待在作坊兼住所里，有客人找上门才动身。到了十七世纪，铸挂师又分化出以修理为主业的工匠。

铸挂屋修补破损的锅釜等容器时，采用让焊料熔化后与锅体粘结的手法。他们用扁担挑着风箱、小火炉等工具，或放在两轮车上走街串巷，口中吆喝着“补锅咯、补锅咯”。铸挂屋所用的扁担长约二点三米，比普通的扁担长五十厘米。江户幕府时代规定屋檐下七尺五寸（约二点三米）的范围内禁止生火，扁担也被规定为这个长度。

听到路边传来铸挂屋的吆喝，家里有坏锅坏釜的主妇就把锅釜拿出来，当场进行修补。在生意比较多的城镇，铸挂屋会在公园的树下等待客人把损坏的器具带来，一个个修好。他们在地上挖出一个土坑作为锻造处，生火熔化焊料。这时常有玩耍的孩子在旁围观。

自江户时代至昭和时代，铸挂屋都与人们的日常生活密切相关。那时生活器具多为铜铁打造，二战结束时因为铜铁器皿的质量低下，非常容易损坏，出现裂缝便会扩大成孔，重买一个新的又要花很多钱，所以人们习惯让铸挂屋修补好后继续使用，坏了就补，补了又用，如此反复。

后来铝制器具变成主流，因为价格便宜，用坏了再买一个新的也花不了多少钱，而且铸挂屋的修补技术也补不了这些铝器。昭和三十年代依然能看见铸挂屋穿梭在大街小巷的身影，但随着时间的推移，逐渐消失了。

铸挂屋在公园里修理客人拿来的坏锅，玩耍的孩子在一旁围观。

参考文献:《时代小说职业事典:大江户职业往来》,历史群像编辑部编,学研教育出版社,2009年11月。

屐齿匠

专门修理和更换木屐齿的工匠。他们像行商一样四处行走，揽上活儿就当场修补。当时人们穿着木屐行走，难免会把下方的屐齿磕坏，请屐齿匠修好后就可以继续穿。

明治时代，西洋文化的浪潮席卷整个日本，有些人开始穿皮鞋，但大多数平民依然穿木屐。木屐由木头制成，穿的时间越久，里侧的屐齿就磨损得越厉害，需要更换新的屐齿。屐齿通常安装在鞋板底部，前后各一，根据人的走路习惯，前后左右都会出现磨损。

修理屐齿的人被称为“屐齿匠”，明治时代他们吆喝着“木屐，换屐齿啦”，辗转于城镇和乡村。明治时代后期到大正、昭和时代，屐齿匠推着一辆放有修理工具的小推车走在街头巷尾，小推车的把手上挂有一个小鼓，屐齿匠会敲响小鼓提醒居民他们的到来。

木屐分很多种，最常见的是底板和屐齿分开制作，然后再组合起来。底板用桐木制作，屐齿用橡木，把做好的屐齿嵌入底板，一双木屐就做好了。

将屐齿嵌入底板的工序称为“嵌屐齿”。屐齿的材料除了橡木，还使用橡胶、厚朴木、银杏木等，其中橡木是最顶级的木材。薄屐齿用橡木，厚屐齿则用厚朴木、银杏木制作。屐齿匠一般从神田和材木町的批发商那里购买屐齿。手头只要有凿子、刨子等工具和屐齿等材料，无论是谁都可以换屐齿，但能把这项简单的活计做得细致入微的屐齿匠，才能获得客人的信任。

用一根木头制作底板和屐齿的木屐称为连齿木屐。因为屐齿数量多，无法进行替换，出现磨损时通常用浆糊填补缺口。屐齿匠接到修理工作后，先用锯子按照客人木屐屐齿的形状裁切齿片，然后取出磨损的旧屐齿，接着用锯子凿出沟，最后用锤子将新的屐齿敲进去填补。如果还有不平整的部分，就用刨刀削平，并修整木屐带，这样才算完成了整个工序。

二战结束后在日本城镇的马路上依然能看到敲鼓推车的屐齿匠。进入经济高速发展期后，部分地区的人已不再穿木屐，屐齿匠也渐渐消失。

Data
【日薪】昭和初期，经济不景气时，一名屐齿匠每天的收入为 1 日元 50 ~ 60 钱，经济繁荣时为 6 日元
【屐齿匠数量】大正末期，东京深川的屐齿匠为 30 人
【修理费用】昭和 27 年，修理一次木屐收费 70 日元

夫妇协作修理木屐

在山形地区，屐齿匠夫妇经常协同工作。妻子背着竹篓去客人家里，把穿坏的木屐带回家，由丈夫进行修理。其他地区则没有这么明确的分工，夫妇二人在每个环节都会相互配合。

参考文献:《镜头中的社会百态》，收录于《近代庶民生活志 第 7 卷》，南博编，三一书房，1987 年。
《第 9 届收藏资料展 职人的工具——由神奈川职人的工具收藏品开始》，厚木市乡土资料馆编，厚木市教育委员会，2000 年。
《明治行商图鉴》，三谷一马著，立风书房，1991 年。

蝙蝠伞修理匠

修理蝙蝠伞（西式洋伞）的工匠。昭和三十年代，雨伞还是一种昂贵的物品，就算坏了也会修好接着再用。那时，修伞匠像沿街叫卖的小商贩一样走访各户人家，遇到要修伞的客人就铺开草席，席地而坐开始修理。

修伞匠属于行商的一种，带着各种修伞工具走街串巷，吆喝着“修伞咯，有没有要修伞的咧”或是“修蝙蝠伞喽”，四处揽活。有些修伞匠每年去几个固定的地方为老客户修伞，有些会划定修伞的地盘，更多的则是辗转各地接些零散的活儿。他们工作时通常穿西装背心，头戴鸭舌帽。每年在同样的地方揽活，便会有几个固定的客人。这些客人清楚修伞匠什么时候来，会把家里的坏伞集中到一起修理。

二战前，人们大多使用日本伞，当时西式洋伞还没有在民众间普及开来，修伞匠的活动范围主要集中在城市。他们有警视厅发的行商许可证，经常推着放有各种修理工具的小车在街头揽生意。除了修伞，也更换伞布。伞布的材质有棉布、绢布等，不同伞布的更换费用有所差异。

到了昭和三十年代，蝙蝠伞（西式洋伞）得到普及，但价格高昂，没办法说换就换，用坏了只能拿去修好继续用。所以修伞匠一来到居民区，主妇们就开门相迎，把家里积攒的坏伞拿出来修理。修伞匠拿到这些残破的洋伞，便马上在空地或路边的角落铺上草席，取出工具箱，拿起铁锤开始敲敲打打地修补。比便当盒稍大一点的工具箱里放着铁锤、裁剪刀、白铁剪、专门剪线的和式剪刀，还有各种尺寸的钳子以及金属卡扣等物件。修伞匠娴熟地运用着每一件工具。年幼的孩子看到这些匠人修伞，经常一拥而上，七嘴八舌地问各种问题，修伞匠会耐心地用简单易懂的语言回答。对于常来的老顾客，修伞师傅还会提供一些力所能及的额外服务，比如修理塑料雨鞋等。

进入昭和四十年代，蝙蝠伞不再像原来那么稀罕，花费很少的钱就能买上一把。修伞的需求随之减少，从事这门行当的匠人也逐渐消失。

Data

【修理费】大正 14 年在东京，修补断裂的伞骨收费 10 钱，修补破损的伞布收费 20 钱起，更换伞柄收费 90 钱起，更换棉质伞布收费 1 日元 20 钱，更换绢质伞布 4 ~ 5 日元起

应该叫“蝙蝠伞”还是“洋伞”？

为什么人们把这种从国外传入的雨伞称为“蝙蝠伞”而非“洋伞”，原因众说纷纭。一种说法是打伞时把伞“遮”在头顶，“遮”等同于“蒙”，而“蒙”这个动词的发音在日语中和“蝙蝠”一词相近。另一种说法则是在 1853 年的“黑船事件”中，据说美国海军准将马休 · 佩里率领舰队驶入江户湾时，打着一把黑色的西式洋伞，这一幕被当时的画师记录下来，画师感叹佩里打伞的模样活似一只黑色大蝙蝠，此后“蝙蝠伞”的称呼就流传开来。

参考文献:《通过照片看日本生活图引⑧：技艺》，须藤功编，弘文堂，1993 年。
《镜头中的社会百态》，收录于《近代庶民生活志 第 7 卷》，南博编，三一书房，1987 年。

箍屋

给木桶安装箍条的工匠。木质水桶使用的时间一长，外围用于固定的箍条会变松或断裂，这时就需要工匠更换新的竹条。箍屋随身携带各种材料和工具，像行商一样四处接活儿。

安土桃山时代以前，木制的水桶称为“箍卷”“曲桶”，是将薄桧木板弯成圆筒形，然后安上底座制作而成，多为寺庙神社及茶会打水用。因尺寸较小，没有安装箍条。到了江户时代，人们开始制作大木桶，先将针叶树的木材锯成弧形木板，然后竖起来围成一圈，外侧嵌上箍条固定，最后再装上底座。这样做出来的木桶叫“组立桶”，也称“桶结”。洗衣桶、腌菜桶、开水桶等大木桶就是这样制作出来的，用来盛放重物或体积较大的东西。但箍条一松，就会漏水，将箍条紧紧箍住需要一定的技术。此外箍条一旦变旧或断裂，就必须更换和修理，于是箍屋应运而生。

最早的箍条是将竹子切割成片编制成条，再绕着木桶外侧围成一圈固定。除了竹制箍条，还有藤编箍条和金属箍条等。根据木桶的体积，安装的箍条数量不尽相同。在需要装八根箍条的情况下，由上至下的箍条分别称为钵卷、口轮、大中、小中、三番、底持、二番、尻轮，每一部分的尺寸和发挥的作用各不相同。储存酱油、味噌等食物的木桶通常比人还高，需要多人合力才能把箍条安上去。

用竹片制作箍条时，要懂得辨别苦竹和怎么将竹材编织成条状。水桶、腌渍桶和味噌桶等日常用的木桶，需要在上下各围上一圈箍条；木盆只需在盆身中央围上一圈箍条。到了明治时代，以铁、铜、钢为材料的箍条逐渐增加，日用木桶也多安装金属箍条，但受潮后容易生锈，生活在海边、渔村等地方的人们仍旧青睐竹箍条的木桶。精心装上厚厚一圈竹箍条的木桶不会生锈，用起来也非常方便。此外尺寸较大的木桶和酒桶也使用坚固的竹箍条。

进入昭和年代，马口铁桶、铝合金桶、铝桶与木桶展开了竞争。从昭和三十年代起，塑料桶、不锈钢桶成为主流，木桶一度消失，后来作为最适宜储存清酒、酱油、味噌等发酵食品的容器又再度流行，箍条技术也一同保存下来。虽然有专职制作安装箍条的匠人，但有时做木桶的匠人也会把箍条作为工序之一，自己动手完成。

“箍条松了”和“箍条懈了”

箍条一词经常用于谚语中，比如“箍条松了”，原指环绕在木桶外围的竹条松开了，后引申为人们放松精神，悠闲地生活；“箍条懈了”有同样的引申义，指脱离困境或紧张感消失后的心情。

参考文献：《照通过片看日本生活图引②：捕捞》，须藤功编，弘文堂，1988 年。
《通过照片看日本生活图引③：小买卖》，须藤功编，弘文堂，1988 年。

罗宇屋

罗宇指的是一种放着烟丝的竹制旱烟管。使用时间一长，竹管破裂或管内烟垢堆积时，罗宇屋就会被请来修理和更换烟管及做清理工作。他们是旱烟管的维修工，也被称为“老挝屋”。

据说烟草传入日本，是在安土桃山时代到江户时代的庆长年间。原先是将干燥的烟叶切碎，用卷烟纸卷起来，后来改用烟管吸烟。历经明治、大正和昭和时代，烟丝仍旧深受人们的喜爱。放烟丝的烟盒、装烟头的烟灰筒、放炭火的金属小火罐以及带烟管的烟盘逐渐普及开来。然后出现了名为“罗宇”的竹制旱烟管。这种烟管的两端是金属的烟锅和烟嘴。罗宇烟管用了老挝产的黑斑竹作为原材料，因而得名。

罗宇旱烟管由前端弯曲朝上的烟锅、用于盛放烟丝和点火的烟斗，以及用来吸烟的烟嘴组成。烟锅和烟嘴由黄铜、铜、铁、银制作而成，连接烟锅和烟嘴的管身就是罗宇。罗宇是将烟输送到烟嘴的通道，在烟通过时将其冷却，降到适合口腔的温度。同时它还有过滤的作用，烟碱会附在罗宇的内侧，流入烟嘴时，焦油的含量就变少了。

竹制的罗宇会开裂变旧，修理和更换罗宇就是罗宇屋的主要工作。当烟碱太厚时，罗宇屋便会清理烟管，有时还更换烟管的金属零件。他们能瞬间拆分烟管，以满足客户的需求。

罗宇屋诞生于江户时代，主要是替换被烟碱弄脏的罗宇，因此也被称作“改装师”，他们带着新罗宇和清理工具游走街头，一边走一边吆喝“罗宇咧，烟管咧”。江户（今东京）的罗宇屋背着装有工具的箱子，大阪的则是将工具箱分成两个，像挑扁担似的。进入明治时代，他们开始拉着装有工具的“罗宇车”四处揽生意，也出售陈列在车上玻璃柜中的新烟管。

纸卷烟普及后，用旱烟管吸烟的人逐渐减少，昭和三十年代后期，东京只剩下几家罗宇屋。平成十二年，最后一家罗宇屋也停业了。不过近几年，又有人在东京复兴了这一行业。

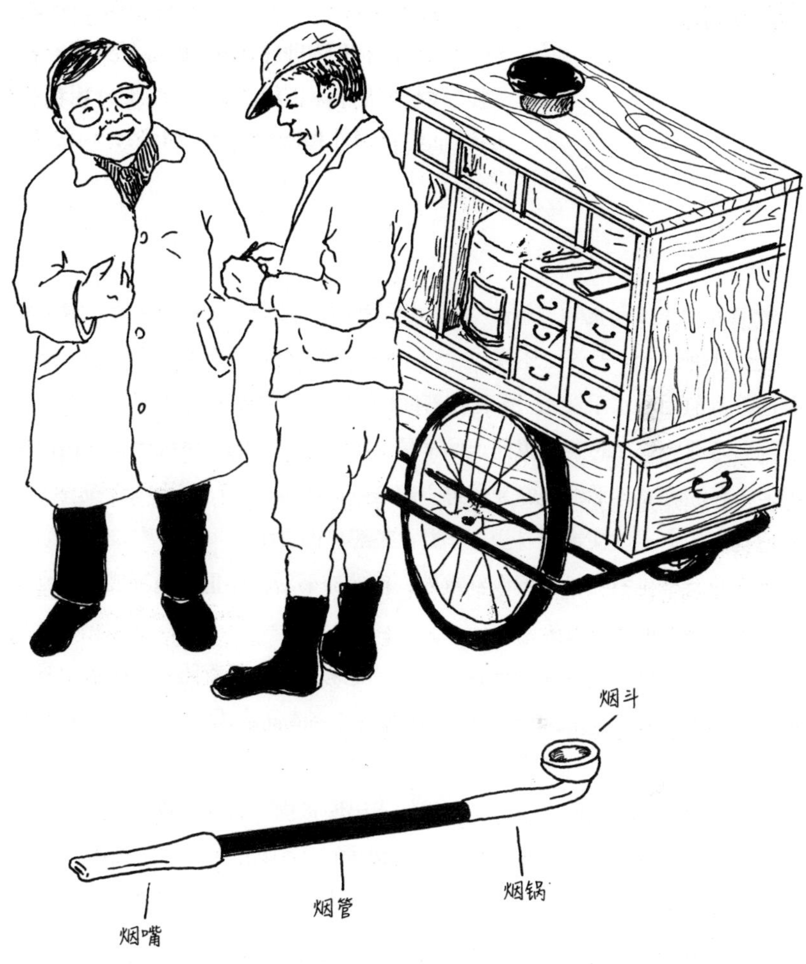

罗宇屋的称呼来源于何处

位于中南半岛的老挝出产黑斑竹，非常适合作为旱烟管的材料，因此罗宇屋也被叫作老挝屋。日本产的旱烟管则以管身细长、中空部分较多的箱根竹为原料。这种竹子生长于箱根山周边，是东根笹竹的一个变种。

参考文献:《烟草世界 罗宇》，刊载于 JT 官网，2009 年 7 月 15 日。
《江户东京职业图典》，槌田满文著，东京堂，2003 年。

洗张屋

特指那些专门清洗和服的洗衣店，通过浆洗、整理等手法将旧和服打理得如同新买的一样。直到二战结束后，和服针脚处依然十分粗糙，清洗后通常要将整件和服浸入米汤上浆，再晾干。

所谓的“洗张”也叫“解洗”，是专门针对和服的一种洗涤方法，清洗时要先将和服从针脚处一一拆开，还原成一块一块的布料之后，再用专用洗涤剂清洗（在洗涤剂普及前用清水手洗），原来附在布料上的米浆也要一并洗净。洗干净的布料用一种名为“伸子”的架子撑开。伸子是一种两头有针的竹制细棍，使用时用针分别固定布料的两端，平稳地撑开后再立起来挂在木板上。然后用木炭熨斗（昭和初期是把烧红的木炭放在铁熨斗里，等熨斗底部热得烫手后再用）熨烫和上浆。接着把挂有撑开的布料的细长木板放到室外，自然晾干后，再重新缝制成型。由于步骤繁琐，一般两三年才会清洗一次。

重新清洗上浆后的和服，无论是布料的色彩还是光泽都跟刚买来的一样，人们称这项工作为“张”。创作于平安时代中期的《宇津保物语》中，就有从事“张物”洗涤的角色，所以这种洗涤方式最早应该出现于十世纪末。室町时代，和服的洗张由染布坊兼营。相关文献中还有十五世纪末出现张物职人的记载。

洗张这种清洗方式最大的好处，是可以通过布料的拆解，将经年累月堆积在和服针脚处的污垢清理干净。另一方面，洗张匠人也要掌握如何在不损伤和服面料的情况下将其拆解开来的技术。

进入明治时代后，和服变成一种日常穿着的大众服装，家庭主妇通常会自己清洗普通的和服，把高级和服交给从事洗张工作的匠人清洗。第二次世界大战结束后，穿西式服装的女性越来越多，和服不再是日常服饰，在家里洗和服的女性也随之减少，大部分都委托给了洗张屋。到了现在，只有在清洗新年盛装等高级和服的现场，才能看见从事洗张工作的职人。

清洗和服的方式还有一种与洗张完全相反的“丸洗”，是一种不拆不解、对整件和服进行清洁的洗涤方式。

洗张屋的工人在清洗和服时，会先把和服拆解，清洗完后再用伸子撑开晾干。由于是跟水打交道的工作，洗衣工穿的都是被水溅到也不会行动不便的工作服。除了洗衣，他们有时还会负责一部分拔染[①]工作。

①染色时除了纹样的部分保留原来的颜色，其余部分都要染成别的颜色。

擦鞋匠

专门为客人清洁皮鞋和皮靴，并进行简单的鞋跟修理工作的人。原是一门在车站广场和大马路边上的营生，近年因为连锁洗鞋店的出现，从事这门职业的人便减少了。

大正十四年，东京站内诞生了擦鞋这门职业。昭和时代初期，也能在大型车站内看到为行人擦鞋的人。二战结束后，战争孤儿和穷人们聚集在高楼林立的繁华街市和高架桥下方的商业区，从事擦鞋的营生。日本人习惯自己穿的皮鞋自己来擦，擦鞋能成为一门手艺，还必须感谢那些常来擦鞋的驻日美军士兵。

擦鞋工要从警察署拿到道路使用许可证后才能摆摊做生意，而且不能随意移动位置，也不能放遮阳伞。专业擦鞋工先把客人的裤脚卷起，用毛刷拂去皮鞋上的尘土，用湿毛巾把泥点抹掉，再用刷子把较硬的泥块刷干净；然后拿出鞋油，在鞋面和鞋底细致地涂上三四遍，为了确保鞋油能附在鞋上，有时还会多涂几遍，再用刷子抹到整只鞋上；接着用毛巾擦一遍，最后用干毛巾轻拭。近年来在 JR 大阪环线野田站工作的擦鞋匠西田典子，在最后一个步骤用了丝袜进行擦拭。用纹理细腻的丝袜反面轻拭抛光后，皮鞋会变得更亮。

二战结束后，在战争中失去家人的少年和孤儿成了擦鞋匠的主力军。这些孩子住在车站里，面前放一个脚踏台，为过往的行人擦鞋，晚上则把踏台当作枕头就地睡下。一些双亲健在的贫困孩子迫于生计，也要出来擦鞋贴补家里。

因战争成为寡妇的女擦鞋匠也很多。有些人卖掉过世孩子的衣服换来钱、买来鞋油后才开始工作。如果有小孩，擦鞋匠会让他们睡在工作台旁。擦鞋匠细致认真的服务，让越来越多的客人特意绕远路也要过来擦鞋。客人里，有些是从地方上来到东京工作的。这些人一到年末假期，就会穿上仅有的一件西装，意气风发地踏上归家的路途。上路之前，他们会相约来到擦鞋匠这里排队擦皮鞋。

擦鞋工作也受天气的影响。下雨的时候就不会有客人光顾。星期天、节假日也无法休息。即便有固定的老主顾，近年来在大型连锁洗鞋店的冲击下，擦鞋的匠人也越来越少。

Data

【擦鞋费】昭和 43 年，在东京擦一次鞋的收入为 70 日元，平均每天可以接待 30 名客人

擦鞋的起源

1923 年关东大地震时期，出租车在车站等地将原先的运输主力人力车挤出了市场。为了救济这群失去饭碗的人力车夫，政府允许他们在车站附近从事擦鞋的营生，这门职业就此诞生。

参考文献：《日本体验 10：中村武志的银座擦鞋》，《读卖周刊》，1968 年 3 月 22 日。

掏粪工

将人们拉在粪桶里的排泄物收走处理的工作，早在江户时代就已出现，当时也叫“污物屋”。那时农民会挨家挨户地收集粪便，用来给自家的农田施肥。这一做法一直延续到昭和时代。

江户时代，人们把粪尿作为肥料在农村进行买卖。尤其是大名府邸、旗本武士家和大型商铺的厕所会产生大量的粪尿，与他们有契约关系的农户就前去收集。收集及运送粪尿的人被称为“下扫除人”。他们将收来的粪尿用马车、货车和船运往农村。进入明治、大正时代后依然延续着这种做法，但开始出现专门的掏粪工。地主和从业者签订合约，按户数或人数计费。掏粪工将收来的粪尿转卖给农户。有些农户也会自己收集。到了昭和时代人工肥料出现后，粪尿肥料便不再像从前那样有价值了。

昭和九年，东京由市政府负责粪尿的收集（农户也会收集）。昭和十九年九月，因战争造成运输粪尿的劳动力短缺，政府便让西武铁道的电车进行运送。当时那些专用货车被称为“黄金电车”，战后也依然在运行。昭和十一年起，粪尿处理工作由东京市政府直接管理。政府向农户们支付委托费（一石五十钱），然后由农户收粪尿用作自家土地的肥料。这些粪尿放入粪坑发酵后，会成为质量上乘的肥料。

二战结束后，在东京从事粪尿处理工作的高杉喜平，日常辗转于农田旁几百座房子的厕所间。他把从便壶里收集来的粪尿放到扁担前后的粪桶里，然后一个人把容量为二斗（约 36 升）的大桶放到手推车上运回去。后来他买了一辆马车，一次可以装下三十六个粪桶，但有时马儿不听话造成马车乱晃，粪尿就会从桶里溢出。昭和二十七年，高杉买了一辆机动三轮车，昭和三十六年又买了抽吸式吸粪车，车上有橡胶制的大型软管，可以多根接在一起，然后扛在肩头，把管子拉到厕所。熟悉这种操作方式后，工作起来非常轻松。吸管的周围要撒上石灰进行消毒。高杉对自己的工作抱着一种使命感：“不是谁都能胜任这份工作的。”

后来随着化学肥料（最开始是硫酸铵）的普及，下水道设施也逐渐完善，清理收集粪尿的需求也随之减少。

Data
【费用】由农民掏走给土地施肥时不收费；二战结束后，在东京每掏一桶作为肥料，收取 5 ~ 10 日元的手续费

让麦克阿瑟皱眉头的“honey bucket”

二战刚结束时，麦克阿瑟率领的美军进驻日本，他在皇居前遇到工人用两轮车将许多粪桶运出去，因为熏人的恶臭瞬间皱起了眉头。驻日美军将此事戏称为“honey bucket”，还创作了一首歌曲《Honey Bucket Song》。

参考文献:《掏粪工的故事》,石井明男,载《市民创造的垃圾读本C&G》第 11 期，废弃物学会，2007 年。

屑屋

专门收集纸屑、旧衣物、铜铁器和老物件等东西，然后转手卖给二手服饰店、老铁铺和旧货店，以此谋生的买卖。与之类似的职业还有“纸漉屋”，但两者有明显的区别。

屑屋一边吆喝着“收破烂咯，谁家要卖破烂咧”，一边拉着两轮车穿梭在城镇的角落，遇到哪家招呼，就绕到那户人家的后门，将他们不要的破衣服、旧报纸、金属器具、空罐子和玻璃碎片集中到一块，拿出随身携带的杆秤称重后再全部买下，然后装进麻袋。二战前，这类废品交易并非谁都能做，从事这一行须持有经营许可证，这块木制的证件要挂在篮筐上。同类型的职业还有“纸漉屋”（也叫“拾物屋”），主要以捡拾路边的遗落物和垃圾箱里的垃圾为生，与持有证件的屑屋有明显区别。

屑屋从一户户的人家低价收到废品后，送到批发商那里，进行分类、称重，对照相应的价格表算好价钱，再去账房支取相应的报酬。此外还有以码头为主要活动范围的屑屋，回收从船上扔出来的纸屑和垃圾。垃圾中的玻璃碎片会作为制作玻璃弹珠的原料，生橘子皮则用作提炼香料。没有启动资金的屑屋会先从批发商那里预支一笔钱用于废品回收。

总的来说，废品的价格受经济好坏的影响，波动很大。废纸中，日本纸的质量优于西洋纸，回收价格也更高。战时由于经济不景气，收来的废品卖不出好价钱，有些屑屋就转用眼泪攻势，乞求主妇干脆以“送”而非“卖”的形式把家里不要的东西给自己。

被丢弃的废纸回收后重新进行加工，再度流入市场，对社会而言是一件益事。屑屋也因此对自己从事的工作抱有小小的自豪。

昭和三十年代还能看见拉着两轮车四处收货的屑屋，但不久就被开着汽车的旧物商和卫生纸回收商取代了。

Data

昭和 2 年，屑屋每天从批发商那里借来 5 ~ 6 日元的本钱，再开始操持买卖，当时的旧报纸卖 17 钱、纸屑 1 钱 5 厘、废布料 18 钱、废铁 4 钱

【从业人数】昭和 32 年，东京的屑屋从业人员约有 5 万

【劳动天数】昭和 37 年，屑屋每个月工作 20 天

【收入】昭和 37 年，屑屋日均收入 2000 日元，每个月大致收入 4 万日元

令人感到意外的废纸循环再利用

专收废品的人为什么被称为“屑屋”呢？是因为在所有的废品买卖中，纸屑交易是最主要的收入来源。上厕所时使用的草纸重新回收处理后能再次使用。从吉原等妓院收来的沾有男女体液的废纸，可以将人偶擦拭得光洁如新，常有人偶师高价采购。

参考文献:《通过照片看日本生活图引③：小买卖》，须藤功编，弘文堂，1988 年。
《明治行商图鉴》，三谷一马著，立风书房，1991 年。

纸漉屋

独自一人在垃圾箱和马路上翻捡垃圾的拾荒者，是难民、贫民、无家可归之人仅有的谋生手段。他们肩背竹篓，在街上翻检收集各种废纸屑和金属器具，再卖给批发商换钱，是一种比“屑屋”低下的职业。

同样是从事废品买卖，屑屋可以去老客户家里收货卖给批发商，货源固定，销路通畅，别名采购人；相比之下，纸漉屋只是单纯的拾荒人。他们凌晨三点出门，提着灯笼在城里四处走动，沿路翻检垃圾箱，拣拾马路上的碎衣料和金属器具。一趟要走上十五里路，翻过的垃圾箱没有一千也有五百。到了七点，就带上拾荒成果回到住处（大部分在贫民窟或堤坝），卖给批发商。双肩由于长时间背着竹篮，会感到酸痛，而且长期的废品分类也会使眼睛疲惫，几乎没有女性从事这门工作。纸漉屋不仅捡拾废纸，还捡拾铁片、玻璃碎片、线头、橘子皮和零散的绷带等。依据捡拾物品的不同，纸漉屋也有不同的称呼。

“余禄拾荒”是从电路工地、管道铺设工地附近，捡拾散落的铜线、铅管、焊料、橡胶等物件的人。都是有价值的物品，不太容易捡到。“淘师”指在河流和水沟等地，用长竿从水底打捞金属器物、煤块、玻璃碎片和空罐子的人。关西地区的人也叫他们“河太郎”。

“拾棉者”指的是在市场、餐馆和旅店的厨房附近捡拾剩菜和鱼肠的人。他们把还能吃的东西卖给贫民窟的居民，不能吃的就卖给农户当肥料。“捡煤人”指的是在码头的煤块卸货处捡煤块的人。“拾马粪者”则指专门在兵营里捡拾马粪，然后拿到河边用筛子过滤，挑拣出里头的麦粒。患上腹泻的马拉出来的粪便可以筛出大量麦粒。

大部分的纸漉屋后来形成团体，开始有组织地行动，只有小部分还独自干活。纸漉屋会把一些无家可归之人聚集起来，让他们成为纸漉师（又称拾荒子），然后外出去捡东西。纸漉师捡回来的东西要先卖给身为头目的纸漉屋。纸漉屋再以三倍的价格倒卖给批发商。纸漉师住在简陋的板房里，支付一定的租金借来篮筐、竹夹和推车等工具，再出门干活。

Data

【收入】昭和 6 年，收入较多的纸漉屋每天能挣 1 日元以上，较少的只有 10 ~ 20 钱；昭和 11 年，扣去车马费、工具费和房租等支出，一名纸漉屋的月收入为 7 日元（雨天没办法干活）

【从业人数】昭和 9 年在足立区约有纸漉屋 2000 人

战后的昭和二十年代，在东京就有垃圾分类处理，家庭垃圾称为“厨芥”，此外的称为“杂芥”。杂芥会放在路边的木制垃圾箱中，由政府统一回收。在这之前，纸漉屋会捡拾可变现的物品。

“沙沙屋”与“唰唰屋”

从事纸漉屋的人也叫“沙沙屋”，因为他们在垃圾桶、马路边翻找东西时发出沙沙的声音，也可能是因为捡来的旧衣服或纸箱被大风吹得沙沙作响，众说纷纭。这也是人们把售卖价格低廉的物品的旧货店叫“唰唰屋”的起源，在各自涉及的物品都非好货这一层面上，二者是相通的。

参考文献:《沦落的纸漉屋》，木本秀生，载《日本评论》1936 年 5 月号。
《拾荒者 · 纸漉屋的生活战线》，下村千秋，载《中央公论》1931 年 4 月号。
《纸漉师的生活》，收录于《大正、昭和的风俗批判和社会探访》，津金泽聪广、土屋礼子编，柏书房，2004 年。

淘师

在河流和水沟的泥沙中淘捡金属残片和玻璃碎片等有价值的物件，然后卖给古董店的人，属于拾荒者的一种。二战结束后，日本经济恢复，物资变得丰富，做淘师的人也越来越多。

淘师也叫“淘屋”，他们在河流和水沟等地打捞掉落在水底的贵金属（宝石、金属原料）及玻璃、空罐、煤块等，然后卖给旧货商赚取钱财。

大阪的河流多于东京，从事淘师这一行的人也比东京多。河川上，淘师乘着一艘小船，手拿长竿进行打捞。长竿的头做成熊掌的形状，可以轻易拨开泥沙，将其中的物件打捞上来。他们就这样沿着一片又一片的水域慢慢地寻找，无数次扬起河泥，看看里面是不是有什么贵重物品。这一片翻完了就换下一个地方，再累也要不停地找。

运气好的时候会捡到装有钱的钱包或金子，但更多的时候只能捡到玻璃和煤块之类的物件。工厂附近的河流和河口的卸货码头也是他们常去的地方，因为各种原因总会有货物遗落，能捡到好东西的概率比较大。

淘师还会亲自下到一些小河小沟，站在水差不多没过膝盖的地方，拿着巨大的笊篱一次次捞起河泥，用水把泥沙冲走后，从残留在笊篱里的东西中选出诸如衣扣、发簪等值钱的物件。这些挑拣出来的物件被淘师装进袋子里带回家，进一步分门别类后卖给旧货商。这些物件其后被送往工厂，加工成全新的商品，经由批发商再次流入市场。

淘师的活动范围基本上集中在河流和水沟，后来有些淘师还会去火灾后的废墟和荒地等处挖掘翻捡。这些人也因此被叫作“挖找屋”。

昭和二十五年，军需品的大量需求使经济状况好转，贵金属等价值较高的物品也多了起来。淘师们就是在这个时候大量地捡拾物件，然后高价卖给旧货商赚取收入。后来随着战后的振兴，河流成为整顿对象，淘师失去了活动场所。

Data

【收入】大正时代中期，淘师每天的收入超过 2 日元

淘师站在船上，将手中那根头部为熊爪状的长竿伸入河底，寻找可以卖钱的垃圾。在工厂附近的河流和卸货的码头附近，捡到掉落的金属残片和炭块等的概率较大。

淘师下到较浅的河里或水沟中，翻找值钱的物件。

在河边打猎的“河童”们

淘师中的“淘”原意是指挑选物品。这类人在关西被称为“河太郎”，意思是河童。

参考文献:《日本残酷物语 5: 近代的黑暗》，宫本常一等编，平凡社，1995 年。

《Lumbung 罕有的职业买卖》，载《经济往来》1931 年 6 月号。

《纸漉师的生活》，收录于《大正、昭和的风俗批判和社会探访》，津金泽聪广、土屋礼子编，柏书房，2004 年。

女苦力

按日结算工资的女性劳动者。在丈夫亡故或出于其他原因无法下地干活的家庭里，女性参与日雇型的劳动获得相应报酬，成为支撑家庭经济的顶梁柱，是拿着最低工资出卖劳动力的女雇工。

为了最低保障工资出卖劳动力的日雇型打工者中，也有许多女性的身影，人们把她们叫作“女苦力”。

昭和三十年左右，许多女性受尽磨难。有些人在战争中失去了丈夫，有些人终日等待丈夫归来，有些人背着嗷嗷待哺的孩子被遣送回日本，有些人则失去财产，连房子也被战火烧毁。当时，有一定学历但没有任何技能的女性是找不到工作的，于是很多人为了养活孩子，走上了做苦力的道路。为了排解苦难的日子，有很多人会写日记、短歌和俳句。

“世事无常，前为夫人，后作人夫。”

这句诗就是当时的一名女苦力所作，所谓“人夫”指从事体力劳动的人。这些女苦力通常早上六点出门，身穿工作服，脚上套一双橡胶底的日式袜子当鞋子，然后去附近的职业介绍所等活儿。因为揽活的打工者很多，她们每天都担心能不能接到活，如果接不到，这一天就没有收入。早上七点，她们拿着求职票按照登记顺序排好队，被告知今天能去工地干活时，压在心头的重担才放了下来。她们从事的工作包括修补马路、除草、清理废墟和地面、打扫路面等。昭和五十年代初有很多铺修大型道路的工程，铺装路两侧的沟壑及运送碎石的活计就交给了女苦力。一天的工作结束后，双手和头上落满尘土，她们就用浸了汽油的布擦拭干净。

结束一天的劳动拿到酬金是最安心的时候，因为她们暂时不用担心明天是否还能活下去。在回家的途中买点孩子爱吃的甜纳豆，是这些女苦力的乐趣之一。她们有时还把洗澡钱省下来，添进伙食费，让孩子们填饱肚子。

“虽然生活在最底层，但我们既不谄媚，也不奉承。”她们非常自豪，因为没有出卖女性的尊严沦为娼妓，而是选择了在太阳底下挥洒汗水、凭借双手挣钱。

Data

【收入】每天的报酬和日雇员的最低保障金一致。也有女雇工的收入仅为男性七成的情况。昭和31年，在港口等地每天工作9小时，干满15天，每个月能拿到4000～5000日元

女拉夫之歌

这群勤劳的妇女因丸山明宏（美轮明宏）所作《女拉夫之歌》而广为人知，这是一首歌颂为了家庭甘愿奉献一切的女性的歌。她们也因为这首歌被称作“女拉夫”。

参考文献：《今年也要活下去！——日雇员群像》，《每日画报》，1954年12月22日。
《生活之歌 码头搬运工》，《朝日周刊》，1956年8月19日。
《日雇员之歌 歌唱贫困艰辛的生活》，《Sunday每日》，1956年4月15日。

所场屋

在人群聚集的地方，把强占来的位置高价出售给后来者的买卖。“所场”是场所、位置一词的行话，所场屋也被称作“并屋”。

昭和二十年代前期，战争结束不久，日本国铁和私营铁路因运输黑市货品、退伍军人和被遣送回国的民众接连运转，经常会出现持续好几天的混乱场面。当时交通工具少，火车是唯一的出行手段，一张有座的国有铁路火车票要提前一天排队才能买到。利用这种混乱形式捞钱的，就是这群被叫作“所场屋”的人。

他们经常一大早去车站售票处排队，占据队伍前列的几个位置，等排队的人越来越多，就跟排在后头的乘客搭话，将位置高价卖出。卖位置就是“所场屋”的工作，“所场”是“场所”一词的行话。在客流量庞大的大阪站、东京站和上野站等，经常能碰见所场屋揽生意的场景。通常排队的人越多，他们出售位置的价钱也越高。特别是在拥堵的东海道线及北陆本线的站点，好位置售价更是水涨船高，这时通常有老前辈和代排人来分掉所场屋一部分的收入。

与所场屋同类型的职业还有一种“符壳屋”，也叫“币纸屋”，即所谓的票贩子，他们通过事先大量囤积卧铺票、特急火车票等抢手的车票，再高价倒卖给买不到票的乘客，以此谋取利益。

最开始从事所场屋、符壳屋行当的，都是在战争中失去亲人、无家可归，只能生活在车站地道的底层群众。这种不合法的行当后来逐渐演变为有组织的团体。每个团体划定势力范围，由领头人统一发号施令，再分头行动。对此现象，车站人员大多采取放任不管的态度。

后来战后的混乱场面有所改善，伴随着火车车次的增多和被遣送回国的民众减少，所场屋便渐渐消失踪影。世道稳定后，原先的所场屋又出现在音乐会、体育比赛等场合，通过提前低价买票再高价售出的方式牟取暴利。

Data

【所场费】在东海道线及北陆本线的铁路沿线地带，一个位置收取 50 日元，其中 30 日元是所场屋自己的收入，20 日元上交给头目。另外根据拥挤程度，所场费会在 30 ~ 100 日元之间上下浮动

【收入】昭和 22 年在大阪，一位所场屋一个晚上的收入是 200 日元左右

“所场”是香具师的行话

香具师指那些在庙会、祭典等露天场合摆摊卖艺卖货的买卖人，从事这一行的人都有反着用词的习惯，比如把“住宿”叫“宿住”、“纸币”叫“币纸”、“酒盏”叫“盏酒”，而“场所”则叫“所场”。香具师摆摊时需要向组织里的高层缴纳一定的“孝敬费”，这一点被后来的所场屋学去，变成一种挣钱的门路。

参考文献:《昭和: 二万日的全记录 第 8 卷 占领下的民主》，讲谈社，1989 年。
《朝日周刊》，1947 年 4 月 27 日。

倒闭人

伪装成失业的白领，到真正的白领家里行骗的诈骗犯。常用“公司倒闭了”作为行骗的开场白，所以被称为“倒闭人”。

昭和四年十月，以美国为开端的全球性经济危机波及日本，给经济造成巨大冲击。这段被称为“昭和恐慌”的时期，有无数企业降薪、裁员、破产，大街几乎要被失业者填满。受到时代背景的影响，昭和六年，日本社会出现了所谓的诈骗业。

当时，办公室白领阶层还非常少见，普通人心中都怀着对知识分子的憧憬和敬仰。然而，凋敝的经济环境导致大学毕业生的就业率陷入低谷，仅有三成人能找到工作，“失业”变成了最常挂在嘴边的词。

实施诈骗的“倒闭人”瞄准的就是办公室白领这个阶层。他们会趁白天男人外出上班，拜访他们位于郊外的住宅。穿着西装打上领带，把自己伪装成失业的白领人士，以“我失业了，太令人苦恼了”为开场白，装出一副可怜兮兮但又不失礼貌的模样，向主妇们阐述自己的悲惨遭遇，请求资助。这些家庭妇女往往会被他们动人的演绎和物伤其类的伤感驱使，不知不觉拿出钱给这些骗子。那时的办公室白领属于知识分子阶层，他们想假扮这一社会角色，还必须掌握一定的礼貌用语，让说出来的话和白领的教养相符合。可谓是一种知识型的诈骗。

通过这样挨家挨户行骗，倒闭人赚得盆满钵满。看到甜头的街头流浪者开始纷纷效仿。但被骗过的家庭已经提高警惕，这门行业难以为继。此外，相似的诈骗犯还有所谓“外出人”。他们同样趁在公司或政府工作的男人白天不在家时上门，以“钱包丢了”为借口哭诉，希望主妇们能资助路费。看似借钱，而一旦被识破真面目后，就会采取强硬手段，逼迫主妇交出钱财。

倒闭人和外出人都是在失业者遍地的时代出现的职业。诈骗手段乍一看似乎对时代进行了敏锐的观察，实际上没有可持续性，很快就会被淘汰。

Data

【收入】昭和 6 年，倒闭人每次诈骗收入为 30 ~ 40 钱

另一种诈骗犯“外出人”

这种类型的诈骗犯是以“遗失钱包”为借口，向家中的主妇声泪俱下乞求金钱救助。作案过程中常用各种天花乱坠的说辞将主妇骗出门外，所以被叫作“外出人”。

参考文献:《Lumbung 罕有的职业买卖》，载《经济往来》1931 年 6 月号。

丁稚

在商店和工匠家里帮佣的打工者中，商人家里的男仆和女佣被称为“丁稚”。他们住在主人家中，干一些打扫之类的杂活，处于“年季奉公人”的最下层。

丁稚是指住在主人家中负责处理杂务的人，类似伙计、帮佣，属于商人的人才培养系统的一环。为地主家干活的长工和工厂的见习学徒有时也被叫作“丁稚”，但这个称呼原本指的是为开店的商人工作的打工者，因此也叫“御店者”。在关东地区还有“小僧”的叫法，关西地区的称呼则有“子供”“坊主”等。

他们通常念完小学，就在亲朋介绍下去商铺里干活。因为要与金钱接触，商店老板非常重视丁稚的来历，会花上一星期判断对方是否符合要求，相当于“试用期”。如果中意，商店老板就会向丁稚的亲人出具一份保证书，作为正式聘用的契约，然后将一部分工资预先支付给双亲。为了磨炼心性，丁稚除了盂兰盆节和元旦假期可以休息，剩下的时间都住在商铺里干活，不发工资，衣物和木屐由店里供给。

四五年之后，就能从丁稚晋升为手代（二掌柜）助手。这时称呼也会变成“××松”或“××吉”（××为本名）。二十岁晋升为手代后，开始负责进货、算账、出纳。积累手代的经验后，三十岁时升为番头（大掌柜）。规模较大的商铺还有一番番头和二番番头等。再往上还有商铺总管，有代老板行使管理权的权限。成为番头的丁稚不用住在店里，从家里直接来上班。对于从丁稚一路做起，在铺里已经二十年左右的员工，老板通常会给一笔钱，并允许他们挂上店里的招牌，自己经营分店。

大多数商铺为家族继承制，如果继承人好吃懒做，老板便让女儿从能干的手代或番头中招婿入赘，共同继承商铺。由于入赘的缘故，丈夫的地位要比妻子低下。

昭和时代初期，手代和番头变成了工资制职位。同一时期也出现了旧制中学及职业学校的毕业生进入商铺工作的现象，上班也不需要住店。这批精英员工成为干部后，无论是升职还是待遇，都比从丁稚一路往上爬的人要好得多。此消彼长之下，商铺的家族主义和伙计制度逐渐式微，丁稚这种带有封建色彩的雇佣制度在昭和十年代已大幅缩减，二战结束后差不多销声匿迹了。

Data

【丁稚的晋升通道】小学毕业→丁稚（即普通伙计，4～5年）→若众（即高级伙计，4～5年）→手代（即二掌柜，约10年）→番头（即大掌柜，也包括独立开分店的伙计）→支配人（即总管，也包括雇主家的入赘女婿）

药店的丁稚

描写丁稚这门职业的影视作品大多把故事背景设定在商业发达的近畿地区，代表作是昭和34年由剧作家花登筐创作、每日放送电视台播出的电视剧《二掌柜与丁稚》。这是一部以大阪船场镇一家药店为背景，描写三名伙计与商店老板及周围人之间日常琐事的喜剧作品。

参考文献：《专栏 奉公与职业》，收录于《令人怀念的日本》，丸滨晃彦解说，心交社，1994年。《日本民众史6：生计的历史》，宫本常一著，未来社，1993年。

寺男

被寺院雇佣做杂活和农活的人，负责洒扫、砍柴等琐事，寺庙则为这些人提供食宿和衣物。

在寺院从事打杂等工作的寺男拥有漫长的历史。最早可以追溯至奈良时代，那时的贵族将奴婢聚集到寺院里，让其以奴仆的身份住在寺中。据相关文献记载，当时京都的东寺里，负责杂活、撞钟、烧开水、编织草席垫子、木工、泥瓦等工作的人非常多，这些工人为寺院的运转做出了极大贡献。其中还出现了称为“僧兵”的寺院专属的武装人员。进入平安时代后，寺院为了扩大规模而加强了僧兵的设立，后来演变为军事集团，拥有与朝廷分庭抗礼的实力，在战国时代甚至能与地方大名一争天下。织田信长和丰臣秀吉掌权期间开始大力讨伐寺院，僧兵制度衰落后，僧兵便还俗为寺院的男仆。

寺男平日只需要负责墓地的打扫、砍柴、挑水等杂活，衣、食、宿皆由寺院提供。附近农村有很多人选择寺男这份职业，还有父子几代都充当寺男的情况。到了昭和年代，寺男和寺院之间建立了正式的雇佣关系，寺男作为寺院的职员，仍住在寺里，平日里需要打扫庭院、除草、为参拜者指路以及一些琐碎的杂事。工作范围没有具体规定，涉及的层面很广。日本寺院占地面积宽广、建筑物庞大、参拜者众多，想维持良好的管理，离不开寺男的辅助。其中还有专门负责庭院工程的，职务根据每家寺院的安排略有不同。

从前，如果没有准备一定的捐赠或资助的善款，基本是出不了家做不了和尚的。一心侍佛的平民很多会退而求其次，加入寺男的行列。如今寺院杂务大部分由寺中的僧人接手，作为职业的寺男已消失无踪。相对的，在寺院干杂活的女性被称为“寺女”。现在仍有些寺院公开招募寺男和寺女，不限年龄、性别和资历，没有报酬，但会报销交通费和餐饮费，并且提供成为僧人的修行课程，是专为那些有意出家的人设置的岗位。

在知名电影中登场的寺男

日本电影《寅次郎的故事》中的“源公”，就被设定为一名在柴又帝释天寺工作，不知不觉间在寺里住下的寺男。这个角色给人一种强烈的印象，即对信仰坚定之人而言，侍奉庙宇等同于侍奉神灵，而非单纯的工作。

倒产屋

出现于昭和二十九年日本经济不景气的时候，指那些低价收购破产企业的库存品，再转手倒卖赚钱的从业者。有些倒产屋为了一己之私，甚至会故意造谣令企业破产。

二战时期，日本经济一片混乱，战后虽因供应军需有所恢复，却在全球经济危机的浪潮中，于昭和二十九年再度陷入不景气。通货紧缩导致许多中小企业的经营状况恶化。在这样的时代背景下，大阪出现了一种道德败坏的恶性职业——“倒产屋”。这群人专门瞄准那些经营不善的中小企业，一旦企业宣告破产或者有破产的苗头，倒产屋就趁虚而入，用极其低廉的价格收购企业的库存物资，再转手高价卖出，大赚一笔。

如果破产的是一家鞋店，倒产屋就会恫吓老板将原价三千日元的鞋子以一千的低价出售。对处在破产边缘的企业而言，倒产屋的行为有清理积压库存的一面，反而遂了他们的心愿。但在成功交易后，倒产屋还会以帮忙清理库存的名义向企业索要手续费，并且还能将一千日元买来的鞋子以两千日元的价格卖给其他鞋店。

倒产屋的捞钱手段还不止于此。那些即将破产却决心撑下去的企业也是他们的目标。倒产屋会向业内人士和企业的合作方恶意散布这家企业岌岌可危的谣言。常用手法是将相关谣言印在纸上，散播到各处。被瞄准的合作方会轻信这些谣言，不再继续合作或停止融资，导致原本还有一线生机的企业真正破产。倒产屋的这些手段虽然恶毒，却始终游走在法律边缘，对那些拼命想继续生存下去的中小企业而言，是最为可怕的对手。

然而倒产屋的恶意捞钱只是一时的现象，昭和三十年日本经济复苏后，迅速进入高速增长期。中小企业如同注射了一管强心剂，恢复了往日的活力，倒产屋却悄然而逝。现如今的平成时代又是经济不景气的时候，钻法律空子出现的“粉饰倒产屋”“倒产整理屋”“企业买卖屋”“住所借贷”“电信费行业”等用更加高明狠毒的手段，故意陷害企业破产。恶劣程度比从前有过之而无不及。

Data

【要手段让企业破产的成功率】昭和 20 年代后期的概率约为三成

另一种称呼为“十三屋”

倒产屋散布谣言，使十家企业中有三家会因此破产，所以也被称为“十三屋”。他们不断地通过这样的方式，用极其便宜的价格收购破产企业的库存商品，再高价转手卖出谋取钱财。

参考文献:《朝日周刊》，1954 年 6 月 13 日。

日雇员

日雇员是日结临时工的通称。为了保障工人不被雇佣方压榨，昭和二十四年，东京规定每日打工费用的最低保障金额为二百四十日元，即两张一百日元纸币和四枚十日元硬币，所以他们也被叫作“二与四”，谐音即“日雇员”。

二战结束，日本经济陷入通货膨胀，被军队遣散的士兵和被遣送回来的民众也成了愈发庞大的失业大军中的成员。为此，政府于昭和二十一年制定了“公共基础设施招工时优先聘用失业者”的政策，次年实施《职业稳定法》。但收效甚微，又在昭和二十四年五月二十日公布并实行更进一步的《紧急失业对策法》。

当时东京的每日最低保障工资为二百四十日元。以出卖劳动力换取日薪的临时打工者被称为“日雇员”。在政府发布相关规定前，这些临时工以每天五十至一百日元的低廉工资从事着繁重的体力劳动，被雇佣方榨取劳动价值。相关法律出台后，在薪酬方面总算有了改善和保障。因为政府规定的每日最低保障工资为二百四十日元，即两张一百日元纸币和四枚十日元硬币，所以这些劳动者也被叫作“二与四”，结果演变为对日雇员的蔑称。

这些在各地拿着最低保障工资的劳动者一度达到三十五万人之多，以在修路等工程中干活的体力劳动者居多。他们每天早晨六点到职业介绍所集合，然后去往工地，开始长达七个小时的劳动。每日所得的微薄薪水扣除住宿费和饭钱，就只剩下一身的疲惫辛劳。每逢雨天，他们没有一分收入，内心更是堕入绝望的深渊。

企业经常雇佣一些比较固定的日雇员，但雇佣期满二十天后就会解除劳动合同，过几天再重新招聘，无论是临时工还是正式工都是如此。这种做法已经游走在违反《劳动基本法》的边缘了。政府所采取的对策基本徒劳无功，昭和二十九年，整个社会的失业人员达到八十四万人，为历史最高。

进入经济高速发展期后，日雇员仍旧处于劳动结构的最底层，他们在一年内修筑了全东京长达一万四千公里的道路。这群被叫作“二与四”的劳动者奠定了东京现代化城市建设的基石。随着日本劳动市场日益规范化，“二与四”这个词再也听不到了。

Data

【日雇员人数】东京市内 48400 人，其中女性日雇员为 10200 人

【日雇员年龄】30.7% 为 41 ~ 50 岁，26.5% 为 51 ~ 60 岁，22.6% 为 31 ~ 40 岁

【日雇员收入】在公共设施工地，每天收入为 288 ~ 378 日元，私人工地为 500 日元，港湾工地则为 1000 日元

* 数据来源于昭和 31 年 3 月东京劳动局的调查

从“日雇”到“三雇”

昭和 28 年，这些日雇工人的最低保障金为每天二百七十二日元，昭和 32 年上调为三百日元，因为支付的时候是三张一百日元的纸币，因此也被称作“三雇”。

参考文献:《日雇员生活白皮书》，载《知性》1956 年 9 月号。

《今年也要活下去！——日雇员群像》,《每日画报》，1954 年 12 月 22 日。

《日雇员之歌 歌唱贫困艰辛的生活》,《Sunday 每日》，1956 年 4 月 15 日。

图书在版编目(CIP)数据

消失的行当 / (日) 泽宫优著 ; (日) 平野惠理子绘; 张苓, 张北辰, 胡欢欢译. -- 海口 : 南海出版公司, 2018.10
ISBN 978-7-5442-9378-5

Ⅰ. ①消… Ⅱ. ①泽… ②平… ③张… ④张… ⑤胡… Ⅲ. ①随笔-作品集-日本-现代 Ⅳ. ①I313.65

中国版本图书馆CIP数据核字(2018)第173275号

著作权合同登记号 图字: 30-2017-158

ILLUSTRATIONS DE MIRU SHOWA NO KIETA SHIGOTO ZUKAN
Copyright © Yu Sawamiya, Eriko Hirano 2016
Chinese translation rights in simplified characters arranged with HARA SHOBO through Japan UNI Agency, Inc., Tokyo

消失的行当

〔日〕泽宫优 著
〔日〕平野惠理子 绘
张苓 张北辰 胡欢欢 译

出　　版　南海出版公司　(0898)66568511
　　　　　海口市海秀中路51号星华大厦五楼　　邮编 570206
发　　行　新经典发行有限公司
　　　　　电话(010)68423599　　邮箱 editor@readinglife.com
经　　销　新华书店

责任编辑　翟明明
特邀编辑　褚方叶
装帧设计　李照祥
内文制作　田晓波

印　　刷　北京中科印刷有限公司
开　　本　890毫米×1270毫米　1/32
印　　张　8
字　　数　233千
版　　次　2018年10月第1版
印　　次　2018年10月第1次印刷
书　　号　ISBN 978-7-5442-9378-5
定　　价　49.00元

版权所有, 侵权必究
如有印装质量问题, 请发邮件至 zhiliang@readinglife.com